長編小説

かけおち妻

草凪 優

竹書房文庫

目次

※この作品は竹書房文庫のために
書き下ろされたものです。

第一章　制御不能の夜

1

薄幸そうな女はエロい。

もちろん、大人の女限定である。

高校時代、ツキに見放されているとしか思えないクラスメイトの女子がいたが、彼女をそういう眼で見たことはなかった。可哀相《かわいそう》とか気の毒とか、心から同情することはあっても、色っぽいなどと思ったことは……。

平瀬京太郎《ひらせきょうたろう》は二十八歳。三十路《みそじ》も間近に迫ってきたことで、大人の世界をちょっとは理解できるようになったのだろうか？　喪服姿で泣き崩れている未亡人を見て、勃起しそうになったことはまだないが……。

もっとも、人の不幸をどうこう言っている場合ではないのが現実だった。

京太郎は現在、就職活動中。前の会社をやめてもう三カ月も経つのに、次の勤め先が決まらない。何度面接に行ってもことごとく不採用で、何十連敗中なのか、もはや数えるのも面倒なくらいなのだ。

そうなると、生活のためにアルバイトをしなければならず、京太郎は近所のコンビニエンスストアで働いている。池袋から西に向かって徒歩二十分くらい、山手通り沿いにある店だ。

午後十一時から翌朝の七時まで——深夜シフトは時給が高いし、客はあんまり来ないから、けっこう気に入っている。

ただ、問題がないわけではない。

薄幸そうな女である。

店のオーナーの妻、藤田紗月《ふじたさつき》——年は三十代半ばだろうか。瓜実顔《うりざね》に切れ長の眼が印象的な美人だった。鼻筋はすっと通り、唇は小さめで上品、細身のスタイルを含め、誰もが美人と認定するはずだ。

ただ、どことなく地味な感じがする。二時間ドラマによく出てくるが、決してヒロインにはなれず、かといって敵役の悪女にもなれない、三番手の女優みたいと言ったらわかってもらえるだろうか？

もちろん、三番手だって芸能界で女優を張っているのだから美人に決まっているが、華《はな》がない。紗月もそういうタイプだった。顔立ちは整っているのだから、笑顔を振りまいていれば三割増しで魅力的だろうに、いつだって眉間に皺《しわ》を寄せ、憂鬱《ゆううつ》そうな表情をしている。

理由ははっきりしている。

夫婦仲がよくないのである。

男と女なんていいときもあれば悪いときもあるものだろうが、オーナー夫婦はちょっと異常だ。

近所にあるコンビニなので、京太郎は買物にもその店をよく利用する。昼間はオーナーが店にいて、バイトのシフトに穴が空くと紗月が手伝うのだが、ふたりが揃っていて険悪なムードでなかったことがない。

険悪なムードというか、オーナーが常にピリピリしていて、紗月はビクビクしている。オーナーは銀縁《ぎんぶち》メガネをかけたカマキリみたいな男で、とにかく神経質なのだ。小売り販売業というのはそういうものなのかもしれないが、商品が常に棚にきちんと並んでいないと舌打ちされる。ミリ単位のずれまで眼を光らせている。

とはいえ、人手不足のうえにコンプライアンスについてもうるさくなった昨今だから、オーナーが面と向かってバイトに説教をすることはない。そのかわりに、妻の紗月をネチネチといびり倒すのである。

やれポテトチップスが前に出ていないだの、やれジュースの並んでいる向きが悪いだの、細かいことを延々と言いつづけるのだ。商品が売れれば棚の陳列が凸凹《でこぼこ》するのは当然なのに、あまりにくどいので見ているこちらまでうんざりする。

京太郎の知る限り、バイトの人間は全員、オーナーが嫌いだった。紗月に同情していない者は、ひとりもいないはずである。

ただ、京太郎の場合、同情以外の感情もちょっとだけあった。あるとき気づいてしまったのだ。オーナーにいじめられていまにも泣きだしそうな顔をしている紗月を見て、自分が興奮していることを……。

一度など、買物に来たときいじめられている紗月を見て勃起してしまい、あわてて帰ってオナニーをしてしまったくらいだ。放出後の自己嫌悪の深さは尋常ではなく、いじめられている人を見て、助けるどころか興奮してしまうなんて、自分はなんて卑劣な人間なのだろうと落ちこんだ。

とはいえ、オーナーになにか意見することは考えられなかった。

正社員として雇われている会社ならともかく、京太郎にとってそのコンビニはあくまで腰かけ、就職先さえ決まったらさっさとやめる予定の、思い入れなどひとつもないただのバイト先だったからである。

そんなある日のことだ。

某ＩＴ企業の面接を受けて帰ってきた京太郎は、自宅への道をトボトボと歩いていた。いつものことだが、今回も面接官の冷たい態度がつらかった。採用する気がないのなら面接なんてさっさと切りあげればいいのに、あたりさわりのない話をして時間をやり過ごそうとする態度に溜息が出た。

時刻は午後八時ごろだったろうか？

その日はバイトもなかったので、近所に住んでいる悪友でも誘って飲みにいこうかと思っていると、公園のブランコを揺らしている人影が眼にとまった。

住宅街の中にポツンとある小さな公園で、昼間は子供たちがにぎやかに遊んでいるが、夜はひっそりと静まり返る。外灯が少ないので、ひどく暗いのだ。しかも、ブランコに乗っているのは、子供ではなく大人の女……。

夜闇に眼を凝《こ》らしてみると、紗月だった。やけに薄着なことが気になった。肌の色が透けそうな白いブラウスに、ロング丈のギャザースカート。

四月の終わりで、昼間は初夏を思わせる陽射しだったが、夜になればまだ肌寒い。上着を着ていない人なんてほとんどいないのに……。

「奥さん？」

公園に入っていって声をかけた。

「なにしてるんですか？　こんなところで……」

顔をあげた紗月は、ぐすっと洟《はな》をすすってから、

「あっ、京太郎くん……」

笑みを浮かべた。いや、笑おうとしたようだが、顔がこわばっておかしな表情になっている。

泣いていたんだ、と京太郎は直感的に思った。暗くてよくわからなかったが、アイメイクも崩れているようだし、鼻声になっている。

「こんなところにいたら風邪ひいちゃいますよ」

「そうね」

紗月は力なく笑うばかりで、その場から動こうとしなかった。むしろ、ブランコの揺れを大きくした。夫のいじめにくたびれ果て、いっそ風邪でもひいて寝込みたい、と思っているのかもしれなかった。

思っていたとしても、薄着の女を夜の公園に放置しておくわけにはいかない。

「僕、これから飲みにいこうと思ってるんですけど……」

「ふうん」

「奥さんも一緒にどうですか？」

飲みに誘うには、適正な距離というものが必要だ。とくに男と女が一対一となれば、

デリケートに距離を測らなければならない。

バイト先のオーナーの妻というのは、その距離から大きくはずれているような気がした。オナニーのオカズにしたことはあっても、仕事以外の会話をしたのは数えるほどだし、親しい関係とはとても言えない。

それでも、誘わずにはいられなかった。

夜の公園でブランコに揺られている彼女があまりにも憐れに見えたせいか、あるいは、薄幸ゆえにどうしようもなく放ってしまう暗い色香にあてられたのか、そのときはわからなかったが……。

2

二時間後、京太郎と紗月はラブホテルの部屋にいた。

セックスをするためではない。

不躾《ぶしつけ》な誘いだったにもかかわらず、紗月は飲みにいくことを快諾してくれた。夜の公園を出て、京太郎とふたりで居酒屋に向かった。あたりは静かな住宅街だが、池袋に向かって十分も歩けば、飲食店なんていくらでもある。

体が冷えていたせいか、彼女は一杯目から熱燗《あつかん》を頼んだ。京太郎はビール党なのだが、彼女に付き合う形で差しつ差されつ——酔いがまわってくると、紗月の口からは夫の悪口ばかりがあふれてきた。

「本当はね、もう離婚したいの」

眼尻の涙を細指で拭《ぬぐ》いながら、紗月は言った。泣いている女と相対して酒を飲んでいるのは気まずいものがあったが、ここは黙って聞き役に徹するべきだと、京太郎は自分を励ました。

「子供がいないから、離婚に障害はないはずなの……でも、実家同士が仲がいいから、いくら両親に相談してもとりあってもらえない。わたし毎日こんなにつらい目に遭《あ》ってるんだよって必死で訴えてるのに、『もうちょっと我慢してみなさい』の一点張り、もう両親にも絶望しちゃった……」

細指で涙を拭いながらも、紗月は熱燗を飲みつづけた。飲まずにいられないのだろうと思った。アルコールのせいか、あるいは感情が昂《たか》ぶっているからか、彼女の顔は次第にピンク色に染まっていった。

色っぽかった。美人だが華がないと思っていたことを、訂正しなければならないと思った。顔を紅潮させている紗月は、ともすれば目の前の男を勃起にいざなってしまいそうなほど、セクシーかつエロティックだった。

「それにね……」

紗月は声をひそめると、涙眼でじっと見つめてきた。

「これは誰にも言ってないことなんだけど……」

京太郎の心臓は爆発しそうなほど高鳴っていた。秘密を明かそうとしている女の顔は、たいてい親和的だ。紗月もそうだった。誰にも言えない秘密を共有しようというのだから、親和的に決まっている。いや、親和的を越えて好意すら感じる。

「実はね、夫は言葉の暴力だけじゃないの。わたし、手もあげられているの」

京太郎は息を呑んだ。

「……DVってやつですか？」

コクリ、と紗月がうなずく。

京太郎はにわかには信じられなかった。オーナーは底意地が悪くてしつこくて執念深そうだが、暴力をふるうようには見えないからである。子供のころから、喧嘩なんて一度もしたことがないのではないだろうか？

それに、暴力でストレスを解消しているなら、あんなふうにネチネチ文句を言いつづける必要もないだろう。実際に暴力をふるえないからこそ、言葉の暴力で相手を傷つけようとしているとしか思えない。ネットで誹謗中傷するのは、暴力団員とは真逆のタイプと相場は決まっている。

「信じられない？」

紗月が眉をひそめて京太郎を見た。

「いえ、そんな……」

「わたしの話が信じられない、って顔してる」

「いっ、いやあ……」

京太郎は苦笑した。苦笑でもするしかなかった。しかし紗月は、笑って誤魔化すことを許してくれなかった。テーブルに身を乗りだし、意味ありげに眼を輝かせた。

「証拠、見せてあげましょうか？」

「えっ……」

「動かぬ証拠があるのよ、わたしの体に」

京太郎はにわかに言葉を返せなかった。話を打ち切って家に帰れ！　ともうひとりの自分が叫んでいた。心の中で、緊急事態を知らせるサイレンも鳴っている。

ＤＶの証拠が体に残っているということは、痣《あざ》とか傷の類《たぐ》いだろう。そんな痛々しいものをわざわざ見たくはなかったし、これ以上深入りしてもいいことはなにもないだろう。

たとえオーナーが紗月にＤＶを働いていたとしても、それをやめさせることが自分にできるとは思えないからだ。愚痴を聞くくらいならかまわないが、夫婦の問題に他人が首を突っこむべきではない。

だいたい、京太郎と紗月にはシリアスな相談を受けるほどの人間関係なんてないのである。普段顔を合わせても挨拶をするくらいだし、今日初めて一緒に酒を飲んだのだ。他人も他人、赤の他人以外のなにものでもない。

しかし……。

紗月はどうしてもDVの証拠を見てほしいの一点張りで、いくら断っても諦める気配がなかった。酔いがまわってきたせいもあり、同じ話を何回もする。夫のことを口汚く罵《のの》りつづける。

面倒くさくなった京太郎は、

「じゃあ、証拠を見せてくださいよ」

と自棄《やけ》気味に言ってしまった。

「それで奥さんが納得してくれるなら、それでいいです」

形式的にでも見せてもらい、さっさと帰ろうと思っていると、

「じゃあホテルに行きましょう」

紗月にそう返されて卒倒しそうになった。

「なっ、なに言ってるんですか？　ここで見せてくださいよ。どうせ腕にある痣かなんかでしょう？」

「ううん、お尻。こんなところでスカートの裾《すそ》、たくしあげるわけにいかないじゃな

い？」

そんなやりとりの果てに居酒屋を出たのだが、当然のようにホテルというのはラブホテルだった。北池袋のラブホテル街に行くまでもなく、昭和の遺物のような古ぼけたラブホテルが、すぐ近くにあった。コンビニから歩いて十分くらいの場所だし、紗月の自宅はコンビニの二階である。にもかかわらず、彼女は堂々と建物の中に入っていった。

やましいことがないからだ、と京太郎は判断するしかなかった。紗月は純粋に、自分のＤＶ被害を訴えたいだけなのだ。両親さえも味方してくれない絶望的な状況の中、自分がどれだけつらい目に遭っているのかわかってほしいのだ。

それにしても……。

窓のない密室にふたりきりでいると、平常心を保っているが大変だった。空気がやけに湿っぽかった。ここはセックスをするためだけに提供されているスペースであり、男と女が淫らな汗をかくところなのだ。その匂いというか気配のようなものが、部屋の中にこもっている気がしてしようがない。

一方の紗月も、部屋に入るなり立ちすくみ、下を向いたまま動かなくなった。居酒屋ではずいぶんと威勢がよかったが、やはり恥ずかしくなったのだろうか？　スカートをたくしあげて尻を見せることが……。

「帰りますか？」

京太郎は力なく笑いかけた。

「証拠なんて見せてくれなくたって、奥さんがDV被害に遭っているって話は信じますよ。嘘をつくような人に見えないし……でも、見せてくれたところで、僕にできることなんて……」

言葉の途中で、紗月が背中を向けた。そのまま長いスカートをたくしあげ、尻を突きだしてきた。

細身の彼女は、ヒップも小ぶりだった。だが、丸々とした女らしいフォルムをもち、京太郎は一瞬で悩殺された。ヒップだけではない。すらりとした長い脚がナチュラルカラーのストッキングに包まれ、セクシーさを際立たせている。

だが、DVの証拠は見当たらなかった。紗月が穿いているベージュのパンティは、尻丘をすっぽり包んでいるうえにバックレースまでついているから、ヒップの素肌が見えないせいか？

えっ？　と思った。ということは、紗月はパンティまで脱ぐつもりなのだろうか？最初からそのつもりで、ホテルに入ったのか？

予感はあたった。

紗月は尻を突きだし、スカートをたくしあげた状態で、下着までおろしはじめた。

ストッキングとパンティがめくられ、真っ白い尻丘がふたつ、姿を現した。

「どう？　よく見てわたしのお尻」

やられた――京太郎は天を仰《あお》ぎたくなった。

紗月の尻には、痣も傷もついていなかった。真っ白い尻丘は、剝《む》き卵のようにつるんつるんだ。

つまり……。

彼女は嘘をついていたのだ。ラブホテルでふたりきりになる口実が欲しくて、DV被害に遭っているなどと……。

「どう？　証拠あるでしょう？」

紗月が尻を見せたまま、振り返ってささやく。その顔には、淫らな欲情ばかりが浮かんでいた。要するに彼女は、セックスがしたかったのだ。

京太郎は憤《いきどお》った。

この世に生まれてから二十八年、女にモテるとはとても言えない人生を歩んできたけれど、こんな騙《だま》し討ちのような形でセックスなんてしたくなかった。彼女は男を馬鹿にしている。こういう状況さえつくってしまえば、喜んでむしゃぶりついていくとでも思っているのだろうか？

だが、固く握りしめた拳をわなわなと震わせながらも、京太郎はその場から動けなかった。憤っているのは嘘ではないが、同時に勃起もしていた。彼女の尻には痣も傷もついていなかったが、桃割れの間にセピア色のアヌスが見えていた。さらに、アーモンドピンクの花びらまでチラリと……。

二十三歳で初めての恋人ができて童貞喪失、一年後に彼女にフラれてからは、フーゾク嬢としかセックスしていない京太郎にとって、紗月は高嶺の花だった。はっきり言って美人だし、なによりも色気がすごい。三十代半ばの人妻なんて付き合ったこともなければ抱いたこともないけれど、同世代の女子とは比べものにならないくらいセクシーだ。

そんな女が、剝きだしの尻をこちらに向け、女の恥部さえチラリと見せているのである。勃起するなというほうが無理な相談であり、これから先、この場面を思いだして何度でもオナニーするだろうと思った。

「興奮しちゃったの？」

紗月はおろした下着やたくしあげたスカートを直すと、京太郎に身を寄せてきた。お互い立っている状態で、正面から相対する格好になった。京太郎は紗月から眼が離せなかった。涼やかな切れ長の眼が、ねっとりと潤んでいた。上品だと思っていた小さな唇が、やけに赤々と輝いて見える。

「ううっ！」

股間に触れられ、京太郎は声をもらした。ズボンの中のペニスは痛いくらいに勃起して、微弱な刺激でも体の芯まで響いてくる。

「いいわよね？」

紗月がささやく。すりっ、すりっ、とズボン越しにペニスを刺激しながら……。

「いつも夫にいじめられてる可哀相なわたしを、慰《なぐさ》めてもらっても……」

京太郎は眼を泳がせた。据《す》え膳《ぜん》を差しだされたところで、諸手《もろて》をあげて喜ぶ気にはなれなかった。男を馬鹿にしている彼女のような女にまんまと食べられてしまって、プライドが保てるのだろうか？　終わったあと、地獄のような自己嫌悪が襲いかかってくるのではないか？

それでも断れない。体が震えているのはもう、憤りのためではなかった。目の前の高嶺の花とセックスができるかもしれない状況に、身震いがとまらないのだ。

「どうなの？」

紗月がまっすぐに眼を見て訊ねてくる。関係性がすっかり変わってしまったことを、京太郎は自覚しなければならなかった。

こちらはコンビニのバイトで、彼女はその店のオーナーの妻。夫にいじめ抜かれて夜の公園で泣いていた彼女に同情し、飲みに誘った――居酒屋に入ったときまではたしかにそうだったはずなのに、いまはまるで女教師に弱味を握られ、肉体関係を迫られているか弱い男子生徒のようだ。

「エッチしてもいいよね？」

「ううっ……」

京太郎が苦りきった顔でうなずくと、紗月は足元にしゃがみこんだ。

3

ラブホテルの湿っぽい部屋にカチャカチャという金属音が響いた。ベルトをはずす音だ。続いて、ファスナーをおろす音……。

紗月は京太郎のズボンをずりさげると、もっこりとふくらんだブリーフを見て微笑んだ。淫靡《いんび》としか言い様がない笑顔だった。

京太郎はからみシーンの途中で笑みを浮かべるAV女優が嫌いだった。照れずにスケベになりきってくれ、といつも思う。

紗月の場合は照れ笑いではなかった。期待と欲情がからまりあって、つい口許《くちもと》がゆるんでしまった感じなのである。だから、眼は笑っていなかった。淫らなまでに潤みきった瞳を見せつけながら、ブリーフの前を触ってきた。いやらしく撫でまわしては、頬ずりまでしてくる。

「ううう……」

京太郎は思わず腰を引きそうになった。勃起しきったペニスがブリーフに締めつけられ、苦しくてしようがなかった。紗月はまだ笑っている。こちらが苦しんでいるのを楽しみつつ、しつこいまでに焦《じ》らしてくる。

「あっ、シミ……」

京太郎はグレイのブリーフを穿いていた。もっこりの頂点にシミが浮かんでいた。もちろん我慢汁のシミだが、紗月はさも楽しそうにそこを人差し指で撫でてきた。

「くっ、苦しいんですけど……」

京太郎はたまらず言った。

「脱いでもいいでしょうか？」

「まだダメ」

紗月は笑うのをやめた。

「セックスっていうのは苦しいものなの……」

ささやきながら、もっこりの頂点を頬張る。ハムハムと甘《あま》噛《が》みしては、フェザータッチで太腿《ふともも》の裏表をくすぐってくる。

「苦しいのを我慢して我慢して、もう我慢できないっていうところで解放されるから、気持ちいいんじゃない？」

「ううう……くぅうううーっ！」

京太郎はブリーフ越しの刺激に悶絶していた。紗月の愛撫はすさまじくうまかった。性器に直接触れられているわけでもないのに、ハアハアと息がはずみ、顔が燃えるように熱くなっていく。いまからこの調子では、生身《なまみ》のペニスを愛撫されたら、暴発してしまうのではないか不安になってくる。

「もっと苦しくしてあげましょうか？」

紗月が愛撫をやめて立ちあがった。一刻も早く苦しさから解放してほしかったが、京太郎はなにも言えなかった。

紗月が服を脱ぎだしたからである。

肌の透けそうな白いブラウス、インナーシャツ、さらにギャザースカートまで一気に脱ぐと、最後にストッキングをくるくると丸めて爪先から抜いた。

ブラジャーとパンティは、ベージュだった。一見地味な色合いだが、よく見ると生地に高級感が漂っている。さらにデザインがきわどく、ブラジャーはハーフカップで胸の谷間が見えているし、パンティはハイレグで股間にぴっちりと食いこんでおり、ヒップには優美なバックレース。

まるで紗月を象徴するようなランジェリーだと思った。一見地味でも、本性は誰よりも色っぽい……。

「脱がせてあげるね」

甘えるような声で言った紗月に、京太郎は脱がされた。靴下まで取られ、ブリーフ一枚にされる。

「こっちに来て……」

紗月に手を取られ、少しだけ場所を移動した。出入り口に近いところに、大きな姿見が置かれている。紗月はその前で四つん這いになった。顔は京太郎のほうを向いているが、鏡には後ろ姿が映っている。ベージュの下着を着け、四つん這いになっている人妻の後ろ姿が……。

ごくり、と京太郎は生唾《つば》を呑みこんだ。恐ろしい女だと思った。男の眼を計算し、あえて鏡の前で四つん這いになったのだ。

四つん這いになった紗月は、いやらしいのひと言だった。薄幸の美女は、そういうことをしそうにないからだ。夫とセックスしているところが想像しづらい。幸せな夫婦生活なんて諦めきっているムードがある。

だが、本当の彼女は……。

下着姿で四つん這いになっただけではなく、ブリーフの横側に嚙みついてきた。一瞬、なにをしようとしているのかわからなかったが、紗月は手を使わずにブリーフをおろしはじめたのである。

さすがに驚いた。こんないやらしいブリーフの脱がし方があるなんて、夢にも思ったことがない。

紗月はブリーフの横側——左と右を交互に嚙んで、少しずつおろしていった。前のもっこりが難関だった。勃起しすぎたペニスが生地に引っかかって、簡単にはおろせない。

「むっ……むむっ……」

京太郎は直立不動で唸っている。ブリーフをおろすためにはペニスが下を向かなければならないが、臍《へそ》を叩くような勢いで上を向いているのである。ペニスが生地に引っかかり、強引にブリーフをおろされようとしているいまの状態はつらい。鏡に映った自分の顔は、茹《ゆ》で蛸《だこ》のように真っ赤になっている。だが、つらいだけではなく、エロくもある。鏡に映った四つん這いの後ろ姿もエロすぎるが、口を使って男の下着を脱がそうとしている人妻には悩殺されるしかない。

ようやくブリーフがおろされると、屹立《きつりつ》しきった肉棒が唸りをあげて反り返り、湿った音をたてて下腹を叩いた。京太郎の息ははずんでいる。ここまで上を向いている自分のイチモツを見たのは初めてだ。

まだ太腿にからまっているブリーフを、京太郎は自分で脚から抜いた。

「逞《たくま》しいのね……」

紗月がペニスをまじまじと眺めながらささやく。また笑っている。眼の下が赤く染まっているせいか、笑い方がどんどんエロティックになっていく。

「いただいていいかしら？」

紗月は唇をOの字に開き、舌なめずりをした。

「おっ、お願いします」

京太郎はもはや、紗月の言いなりだった。すっかりイニシアチブを握られてしまい、ほとんどなすがままと言っていい。

「うんあっ……」

紗月はまたもやノーハンドで、ペニスの先端を頬張ってきた。生温かい口内粘膜で亀頭をぴったりと包みこむと、ねろねろと舌を動かした。そうしつつ唇をスライドさせ、口から肉の棒を出し入れする。

「むっ……むむむっ……」

京太郎は身をよじって声をもらした。紗月のフェラはノーハンドだが、愛撫に手を使っていないわけではない。唇をスライドさせながら、尻や太腿をフェザータッチでくすぐってくる。爪の硬い感触と、フェラのねっとりした快感が淫らなハーモニーを奏《かな》で、身をよじらずにはいられない。

おまけに、仁王《におう》立ちになった自分のイチモツを人妻がしゃぶっている様子が、鏡に映っている。みずから演じるきわどいシーンを、鏡越しに見るのは燃えた。なぜ鏡越しに見ると興奮するのかわからないが、ペニスは硬くなっていく一方だ。

「おいしいっ……」

紗月がささやく。口のまわりが唾液で濡れ光っている。

「こんなにおいしいオチンチン、久しぶりにしゃぶっちゃった……」

ささやきながら、ついに手指をペニスに伸ばしてきた。と思ったが、触れられたのは玉袋だった。そっと握られ、ふたつの睾丸《こうがん》をあやされる。そこは男の急所である。たとえそっとでも、握られると命を預けているような気分になる。

「そこに足をのせて……」

紗月にうながされ、京太郎は近くにあった椅子に右足をのせた。必然的に脚を開く格好となり、目の前が鏡なのでかなり恥ずかしい。

紗月は気にもとめない様子で、反り返ったペニスに指をからませてきた。彼女の唾液でネトネトに濡れているから、軽くしごかれるだけでも気が遠くなりそうなほど気持ちよかった。ツツーッ、ツツーッ、と紗月はペニスの裏側に舌を這わせると、京太郎の脚の間に顔をもぐりこませてきた。

「ううっ……」

玉袋を舐《な》めまわされ、京太郎は小さくうめいた。そんなところまで愛撫してくるなんて、驚きだった。風俗嬢にもされたことがない。ペロペロ、ペロペロ、と睾丸を舐めまわしては、生温かい吐息を吹きかけてくる。

「おおうっ！」

野太い声をもらしてしまったのは、睾丸を口に含まれたからだった。しかも、紗月は吸ってきた。力加減が絶妙なので痛くはなかったが、驚愕のプレイである。軽く握られただけで命を預けている気分になる睾丸を、吸われるなんて……。

強く吸われると苦しくなるのは、やはりそこが男の急所中の急所だからだろう。苦しいと同時に、ヒヤッとする。スリリングと言えばスリリングだが、額から脂《あぶら》汗が噴きだしてくる。

「ぬおおおおおーっ！」

睾丸を吸われながらペニスをしごかれ、京太郎はのけぞった。このコラボレーションは危険だった。いままで経験したことがない未知の愛撫だが、ペニスの芯が熱く疼《うず》きだす。我慢汁が大量に噴きこぼれているのがはっきりわかる。

このままでは暴発してしまいそうだ。

4

「おっ、奥さんっ！」

京太郎は叫ぶように言った。

「もっ、もういいですっ！　出ちゃいますからっ！　そんなにしたら出ちゃいますからーっ！　奥さんんんんーっ！」

紗月は愛撫を中断して立ちあがると、息のかかる距離に顔を近づけてきた。眉をひそめている。よくわからないけど機嫌が悪そうだ。

「奥さんって言わないで」

紗月は立ちあがった瞬間、睾丸を握っていた。ニギニギと刺激される。その手の動きから、尋常ではない怒りが伝わってくる。

「エッチしてる相手に奥さんなんて、ひどいじゃないの」

「すっ、すいません……」

京太郎は冷や汗を流しながら謝った。

「名前を呼んで」

「……紗月……さん」

「声が小さい！」

「紗月さん！」

「よくできました」

紗月はにっこりと微笑むと、ようやく睾丸から手を離した。

「じゃあ、今度は京太郎くんがわたしのこと気持ちよくして」

「はっ、はい」

うなずいたものの、自信はまったくなかった。京太郎が過去に付き合ったことがある女はひとりだけ。大学時代の話だし、その彼女はマグロのようなものだった。他の性体験となるとフーゾクだが、ああいうところはこちらが一方的にサービスを受けるので、自分の性技のレベルはかなり低いほうだと思う。

「あっ、あのう……」

ベッドに横たわると、京太郎は恐るおそる紗月に声をかけた。

「僕、セックス下手だと思いますけど、がっかりしないでくださいね」

紗月はこちらの顔に手を伸ばしてくると、燃えるように熱くなった頬を手のひらで包んだ。

「ゆっくり、やさしく」

「えっ？」

「セックスなんて、ゆっくり、やさしく、やればいいだけよ」

「……と言いますと？」

「自分の考えてる三倍ゆっくり、三倍やさしくすれば、女は三倍感じるものなの」

「……なるほど」

要領を得ないまま、京太郎はうなずいた。紗月が抱きついてきたので、抱擁に応えた。いい匂いがした。シャンプーの残り香とか、つけている香水とか、そういうものもあるのだろうが、そういった人工的なものとは別に、彼女自身の匂いがする気がする。これがフェロモンというやつだろうか？

眼と眼が合った。吸い寄せられるように、自然と唇が重なる。と思ったら、紗月は唇が重なる前に舌を差しだしてきた。京太郎も真似をする。お互い口の外に舌を出し、ねちっこくからめあう。

淫らなキスだった。ここまで露骨にセックスの前戯的なキスを、京太郎は経験したことがなかった。

「うんんっ……ぅんんっ……」

舌をからめあい、しゃぶりあうほどに、紗月の顔は蕩《とろ》けていった。京太郎の背中や二の腕を撫でまわし、脚をからませてきた。

欲情が伝わってきた。それも尋常ではない熱量だった。ネチャネチャと音をたててキスをするのも、唾液に糸を引かせるのも絶対わざとに違いない。

「ねえ……」

ハアハアと息をはずませながら見つめてきた。

「暑い……」

京太郎はうなずき、彼女の背中に両手を伸ばしていった。性技に自信がないとはいえ、さすがにブラジャーのホックくらいははずせる。

紗月は下着姿だった。本当に暑いのではなく、脱がせてくれという意味だろう。

カップをめくると、小ぶりの乳房が姿を現した。手のひらにすっぽり収まるようなサイズだが、全体が細身なのでバランスは悪くない。むしろ綺麗だ。肌艶《はだつや》が輝くように白く、乳首のついている位置が高いから、格好のいい美乳である。

「んんんっ……」

乳首を舐めると、紗月はくぐもった声をもらした。彼女の乳首はルビーのように赤い。見た目は綺麗だが、すぐにむくむくと突起するほど敏感だった。

京太郎は左右の乳首を交互に舐めた。ねちっこく舐めたてては、口に含んで吸いしゃぶった。

「ああああっ……はぁあああっ……」

紗月の声に情感がこもってくる。感じているのが生々しく伝わってくる。さらにしつこく乳首を舐めていると、両脚で京太郎の太腿を挟んできた。腰を動かし、股間をこすりつけてきたので、びっくりしてしまう。

いやらしい女だった。ここまで欲情をあからさまにしている女を、京太郎は抱いたことがない。まともに付き合ったことがあるたったひとりの彼女は、ひどく恥ずかしがり屋だったし、それゆえに反応も鈍かった。

紗月にはそういうところがなかった。羞《は》じらいがないのではなく、その何十倍も欲深いのだろう。そして感じやすい。意志の力ではどうすることもできないほど、性感が発達しているに違いない。

京太郎は紗月の尻を撫でた。みずから股間をこすりつけてくる、いやらしすぎる彼女が愛《いと》おしかった。股間に刺激が欲しいのだろうと、パンティを脱がした。黒い草むらがやけに濃かった。薄幸の美女という彼女のイメージにそぐわないくらい、獣《けもの》じみている。

陰毛が濃い女は、性欲が強いという俗説がある。京太郎はドキドキしながら、両脚をM字に割りひろげ、その中心に右手を伸ばしていった。

直接触れる前から、指に熱気を感じた。淫らな湿気を孕《はら》んで、ねっとりと指にからみついてくる。

「ああっ……」

花びらに触れると、紗月は眉根を寄せて眼を閉じた。京太郎は指を動かした。彼女の花はすでにヌルヌルで、唾液をつけなくても指がすべった。

ゆっくり、やさしく……ゆっくり、やさしく……胸底《きょうてい》で呪文のように唱えながら、尺取虫のように指を動かす。花びらをひろげると蜜が一気にあふれてきて、指が溺れてしまいそうになった。

「なっ、舐めますか？」

おずおずと訊ねると、紗月は首を横に振った。

「指でいい……京太郎くんの指、気持ちいい……」

「本当に？」

「うん」

濡れた瞳でうなずかれ、京太郎は気をよくした。男なら誰だって、性技を褒められれば嬉しいものだ。

ゆっくり、やさしく……ゆっくり、やさしく……自分に言い聞かせつつ、指を動かす。女の割れ目をなぞるように愛撫していると、指腹に小さな突起を感じた。クリトリスだ。そこは他より念入りに、ひときわねちっこく撫で転がしてやる。

さらに中指で穴の入口を探った。ヌプヌプと浅瀬を穿《うが》ってやると、

「あうううーっ！」

紗月は甲高《かんだか》い声をあげ、白い喉を突きだした。いままでとは、あきらかに違う反応だった。中のほうが感じるのだろうか？

京太郎は中指を深く埋めこむと、鉤《かぎ》状に折り曲げた。肉穴の上壁にある、ざらついた凹《へこ》みをぐっと押しあげてやる。

「ああっ、そこっ！」

紗月が声をあげた。

「そっ、そこいいっ……気持ちいいっ……あああああああーっ！　はぁあああああああーっ！」

ぐりぐりと凹みを押しあげてやると、強い力で京太郎にしがみつき、激しいまでに身をよじった。

Gスポットが感じる人なのだ——京太郎は胸底でつぶやいた。クリトリスの裏側にある女の敏感な性感帯だと、知識としては知っていたが、ここまで激しく反応するとは思わなかった。

ぐりぐりっ、ぐりぐりっ、と刺激してやれば、

「あぅううぅーっ！　はぁうううううぅーっ！」

紗月は顔を真っ赤に染めあげ、声の限りにあえぎにあえぐ。ゆっくり、やさしく、が愛撫のセオリーだと教わったが、ここは攻め時と京太郎は中指に渾身《こんしん》の力をこめて

ざらついた凹みを穿ちに穿つ。肉穴が締まってくる。指に吸いつき、いや、食いちぎらんばかりの強さで……。

「ダッ、ダメッ……ダメダメダメッ……イッちゃうっ……そんなにしたら、イッちゃううううーっ！」

紗月は京太郎にしがみつきながら、ビクンッ、ビクンッ、と腰を跳ねさせた。絶頂に達したらしい。

京太郎は激しく興奮していた。女をイカせたのが初めてだったからだ。指でもペニスでも、オルガスムスに導いたことがない。

だが、紗月はイッた。イッたふりをしているとは思えないいやらしさで、まだガクガクと腰を震わせている。

5

「うまいじゃないの……」

紗月が蕩けきった眼つきでささやく。

「いきなり指でイカされちゃうとは思わなかったな……」

「いえ……」

京太郎は戸惑うことしかできなかった。イカせようと思ってイカせたわけではないし、アクメの余韻が生々しく残っている紗月の顔に気圧《けお》されてしまう。絶頂に達した女は、こんなにも色っぽいのか……。

紗月は京太郎に抱きついてくると、

「次はオチンチンでイカせて」

耳元でささやいた。

「がっ、頑張ります」

京太郎は太い息を吐きだした。昨日までなら女をイカせる自信などまるでなかったが、紗月はいま中指一本でイッたのだ。指より太いペニスを入れれば、イカせることも不可能ではない気がする。

武者震いしている京太郎の耳元で、紗月はさらにささやいた。

「どうやって繋《つな》がりたい？」

京太郎は答えに窮《きゅう》した。いままでは、基本的に正常位しかしてこなかった。他の体位を試したこともあるが、うまくいった試しがない。射精に辿《たど》り着けるのは正常位だけなのだが、それを正直に口にするのは、貧しい性体験しかないようで、ちょっと恥ずかしかった。

「わたしが上になろうか？」

紗月が顔をのぞきこんできた。

「大好きなの、自分が上になって動くの」

「じゃあ……それでお願いします」

京太郎はまたもや気圧された。みずから騎乗位好きを告白し、それをやりたがるなんて、さすが人妻と言ったところか……。

あお向けになった京太郎の上に、紗月がまたがってきた。ペニスに手を添え、片膝を立てて挿入の体勢を整える。片膝を立てるという所作がエレガントにして淫靡で、京太郎は生唾を呑みこんだ。

ペニスの先端に、濡れた花園がヌルッとこすれる。

「入れるね……」

紗月は眼を細めてささやくと、腰を落としてきた。顔をこわばらせている京太郎を見下ろしながらずぶずぶと呑みこんでいき、立てた片膝を前に倒した。

「あああっ……」

腰を最後まで落としきった紗月は、白い喉を見せて声をもらした。京太郎は顔をこわばらせたまま動けなかった。屹立したペニスが、生温かくヌメヌメした肉ひだに包まれていた。一刻も早く動きだしたかったが、下になっていてはそれもできない。眉根を寄せて小刻みに震えている人妻を、呆然と見上げるばかりである。

「んんんっ……んんんんーっ！」

紗月が動きだした。腰を振りたて、股間を前後にこすりつけるような動きだ。喜悦をむさぼるようないやらしすぎる腰振りに、京太郎は圧倒された。濡らしすぎているのか、ずちゅっ、ぐちゅっ、と卑猥な肉ずれ音がたつ。

「ああっ、いやっ……」

紗月は羞じらいながらも、腰振りのピッチをあげていく。ずちゅぐちゅっ、ずちゅぐちゅっ、と音をたて、クイッ、クイッ、と股間をしゃくる。

「あああーっ！」

紗月はのけぞると、長い両脚をM字に立てた。いくら黒々とした陰毛の持ち主でも、そうすれば結合部が見える。紗月はあえて見せつけるように、腰の動きを前後運動から上下運動に変えた。女の割れ目を唇のように使って、膨張しきったペニスをしゃぶりあげてきた。

「みっ、見えますっ！　見えてますよ、紗月さんっ！」

自分のペニスが女体から出たり入ったりする様子を見て、京太郎は激しく興奮した。発情の蜜をなすりつけられ、ヌラヌラと濡れ光っている肉の棒は、自分の体の一部とは思えないくらいに卑猥だった。

「ああっ、見てっ！　もっと見てっ！　わたしのいやらしいところ……」

紗月は言いながら、大股開きの秘所を大胆に上下させる。アーモンドピンクの花びらが、濡れた肉棒に吸いついては巻きこまれ、巻きこまれては吸いついてくる。

京太郎はまばたきも忘れて凝視した。丸見えの結合部もすさまじいエロさだったが、同時に顔も見ることができる。紅潮した顔をせつなげに歪めてよがっている紗月の顔は破壊力抜群で、いやらしすぎて息もできない。

「あああっ……」

紗月がのけぞりすぎて後ろに倒れたので、京太郎は上体を起こして追いかけた。必然的に正常位となる。京太郎にとっては慣れた体位だった。性器と性器と繋げたまま、紗月に上体を覆い被せて華奢《きゃしゃ》な肩を抱いた。

「……突いて」

紗月がささやく。眉根を寄せ、小鼻を赤くし、半開きの唇を震わせている表情に悩殺された。

「京太郎くんのオチンチン、とっても気持ちいい……ちょうだい……思いきり突きまくって……」

「はっ、はいっ！」

京太郎はうなずくと、腰を使いはじめた。ゆっくり、やさしく、という紗月の教えが耳底にこびりついていた。それでも、ピストン運動はすぐにフルピッチにまで高まっていった。気持ちがよすぎて自分を制御できない。

「ああっ、いいっ！」

ずんずんっ、ずんずんっ、と連打を放つと、紗月が腕の中でのけぞった。

「あたってるっ！　気持ちのいいところにあたってるうううーっ！」

言いながら、ぐいぐいと股間をこすりつけてくる。下になっている体勢をものともせず、みずから腰を使って乱れに乱れる。

ペニスの先端になにかがあたっているのは、京太郎も感じていた。コリコリしたこの感触は、子宮だろうか？　こんなことは初めてだったが、亀頭が子宮にこすれるほどに、紗月は我を失っていった。

「ああっ、いいっ！　いいっ！　すごいいいいいいーっ！」

淫らなほどに反り返る女体を抱きしめながら、京太郎は渾身のストロークを放ちつづけた。

これほど夢中になって腰を振りたてた経験はなかった。息をとめているのが苦しかったが、かまっていられなかった。手応えがあった。イカせられる手応えだ。濡れた肉穴が、ぎゅうぎゅうとペニスを食い締めてくる。

「ああっ、いやっ！　いやいやいやあああーっ！　イッ、イッちゃうっ……そんなにしたらイッちゃうううううーっ！」

身構える紗月に、さらなる連打を放った。怒濤《どとう》の勢いでピストン運動を続けると、紗月の体はビクビクと痙攣《けいれん》しはじめた。

「イッ、イクッ！　イクイクイクイクイクーッ！　はっ、はぁああああああああーっ！」

激しく身をよじる紗月を、京太郎は力の限り抱きしめた。女体の肉という肉がぶるぶると痙攣していて、それが繋がった性器を通じて伝わってくる。生まれて初めてみずからの男根で女を絶頂に導いたという満足感とともに、眼もくらむような快感が押し寄せてくる。

「でっ、出ますっ！　ぼっ、僕もっ……」

我慢なんてできそうになかった。

「ああっ、出してっ！」

紗月が涙眼で見つめてくる。

「いっ、いっぱいっ……いっぱい出してぇええーっ！」

「うおおおおおーっ！」

雄叫《おたけ》びとともに、最後の一打を放った。京太郎はスキンを着けず、生で挿入していた。中で出すわけにはいかないから、大きく突きあげた反動でペニスを抜いた。自分でしごくつもりだった。しごいて紗月の腹に噴射しようと……。

しかし、女の蜜でヌルヌルになった肉棒を、京太郎がつかむより先に、紗月がつかんだ。ぎゅっと握りしめて、したたかにしごいてきた。

「ぬおおおおーっ！」

京太郎は喜悦にのけぞった。

「でっ、出るっ……出るううううううーっ！」

次の瞬間、下半身で爆発が起こった。ドクンッ、と震えたペニスの先端から、熱い粘液が迸《ほとばし》った。ドクンッ、ドクンッ、ドクンッ、と射精するたびに、ペニスの芯に灼熱《しゃくねつ》が走り抜けていき、痺れるような快感が全身にまで波及していった。

「出してっ！　いっぱい出してっ！」

紗月は叫びながらペニスをしごいている。すさまじい勢いで噴射している白濁液が、彼女のお臍のあたりに溜まっていく。卑猥なまでに粘っこく、熱気に湯気までたちそうだ。

「ああっ、熱いっ！　京太郎くんの精子、とっても熱いいいいーっ！」

腹に白濁液が付着するたびに、紗月はいやらしいほど身悶えた。もっと出してとばかりに、ペニスをしごく手指に力をこめてきた。

射精は長々と続いた。自慰をするときの倍以上の回数、男の精が飛び散った。

終わりかけると、紗月が体を起こした。四つん這いになって射精中のペニスを口唇に咥《くわ》えこんだ。

「くぅううーっ！」

京太郎はうめき声をあげて身をよじった。紗月はただ単にペニスを咥えただけではなく、吸ってきた。唇をスライドさせてしゃぶりあげてきた。

まるで射精が終わるのを許さないとでも言わんばかりだった。吸われればまたドクンッと衝撃が起こった。ペニスがまったく反応しなくなるまで、紗月はしゃぶりあげるのをやめようとしなかった。

第二章　いろめき逃避行

1

午前九時のＪＲ東京駅に、京太郎と紗月はいた。

季節は花冷えの春から新緑の初夏へと移り変わり、日中は汗ばむ陽気が続いている。

ふたりはこれから、西へ向かう東海道本線に乗りこもうとしていた。行く先は決めていない。笑顔で駅弁を選ぶこともない。

駆け落ちだからである。

京太郎は就職して正社員になる道を捨て、紗月はそれ以上に大きなものを捨てて、愛に生きることにした。

実家住まいの京太郎は「心配しないでください」と両親に書き置きを残しただけで、なにも説明せずに家を出てきた。紗月も似たようなものだろう。未来のことを考えると身震いしか起こらないが、それはそれ。紗月さえ一緒にいてくれるなら他にはなにもいらないと、もう覚悟を決めている。

ふたりが男女の関係になって、ひと月ほどが経過していた。

紗月は人妻だから、関係が続くことはないはずだった。少なくとも、最初のセックスが始まったときには、そう思っていた。人妻の欲求不満を解消するために、一度限りの火遊びに付き合わされるのだろうと……。

「わたしね、京太郎くんとこういう関係になりたかったの」

セックスのあと、紗月は甘い声でささやいた。

「最初に会ったときからひと目惚《めぼ》れ。ずっとチャンスを狙ってた」

にわかには信じられない言葉だった。京太郎はひと目惚れされるような容姿をしていないし、実際いままで一度もされたことがない。

だが、その言葉にすがりつきたくなる事情があった。

セックスである。

それが始まる前と終わったあとでは、紗月に対する感情のあり方が全然違うものになった。彼女としたセックスは熱狂的だった。こんなにも夢中になれるものがこの世に存在したことに、驚きを隠しきれなかった。ＤＶ被害を受けていると嘘をつかれたことさえ、彼女とのセックスの前では取るに足らないことに思われた。

「相性がいいのよ、きっと」

それが紗月の見解だ。

「わたしだって、こんなによかったの初めてだもん。もう一回したいな。京太郎くん若いからできるでしょう？　もう一回して……それで、明日もしたい。明日がダメならあさってでも、しあさってでも……」

「紗月さんっ！」

京太郎は抱きしめた。何度でも紗月を貫きたかった。普段の彼女は、美人だが地味で幸《さち》が薄そうだ。しかし、セックスのときは違う。欲情が華となり、男を虜《とりこ》にする魅力を放つ。

惹《ひ》かれあう男女が毎日のように会いたくなるのは、古今東西同じだろう。

京太郎と紗月も例外ではなかったが、ふたりには場所がなかった。京太郎は実家に住んでいるし、紗月は夫と暮らしている。ラブホテルを頻繁《ひんぱん》に利用するにはお金がかかり、ふたりともそれほど懐《ふところ》が暖かいわけではない。

それでも会いたくて会いたくて、京太郎は家族がいない隙を狙い、紗月を自分の部屋に招いた。安物の狭いシングルベッドで、お互いをむさぼりあった。

京太郎にとって、紗月はセックスの先生だった。女の体の扱い方について実に様々なことを教わった。時には大胆に挑発し、時には子供のように甘えてくる紗月に、京太郎は完全に嵌《は》まってしまった。

そんな生活が三週間ほど続いたある日のことだ。

「あんた、家に誰もいないとき、女の人を連れこんでいるの？」

母親に険しい顔で詰問された。なんでも、紗月が家に出入りしている目撃証言が、近所の人たちから頻出しているらしい。

「それに、上村《かみむら》さんの奥さんが、昼間っから変な声が聞こえてくるって。猫が盛《さか》ってるような……」

上村というのは隣家である。お互い狭い敷地を目いっぱい使って家を建てているから、窓から壁に手が届きそうなくらい近い。紗月はあえぎ声を遠慮するような女ではないので、筒抜けになっていてもおかしくないが……。

母親に勘づかれてしまっては、紗月を自分の部屋に招くのは諦めなければならなかった。そもそもいつまでも就職が決まらず、だらだらとアルバイトを続けている二十八歳の息子は、家族から白い目で見られている。

母親だったからまだよかったが、柔道五段の父親に知れたら、「女にうつつを抜かしてる場合か！」と雷《かみなり》を落とされたことだろう。しかも相手が近所の人妻だとバレた日には、家の外まで投げ飛ばされるかもしれない。

かといって、紗月との逢瀬《おうせ》をやめる気にはなれなかった。なけなしの金をはたいてラブホテルに行くしかなかった。

ある日、近所のスーパーの駐車場に呼びだし、事情を説明してホテルに行こうと誘うと、

「もっと安いところがあるわよ」

紗月は悪戯《いたずら》っぽく眼を輝かせた。

「……どこですか？」

嫌な予感に身構えながら京太郎は訊ねた。

「カラオケボックス」

紗月はますます眼を輝かせて答えた。

「マジっすか……」

京太郎は眼を泳がせた。カラオケボックスなら、ひとり三十分百五十円などの激安店もある。だが、ふたりの目的はセックスである。カラオケボックスでセックス――やれないことはないだろうが、やったことはない。

「したことあるんですか？　カラオケで……そういうこと……」

「ないけど、できそうじゃない？」

紗月があまりにも無邪気に答えたので、

「うーん」

京太郎は唸るしかなかった。

「わたしね……」

紗月はせつなげな顔で身を寄せてきた。そこは近所のスーパーの駐車場だった。おまけに真っ昼間である。誰かに見られかねないのに、彼女はおかまいなしにぎゅっと手まで握ってきた。

「エッチできなかったらできなかったで、べつにいいの。京太郎くんとふたりきりになりたい。エッチはできなくても、キスだけなら大丈夫じゃない？　キスだけでいいのなら、ちょっと離れた街の公園や路上でもいいのではないか？と京太郎は思ったが、言わなかった。「ふたりきりになりたい」という言葉に胸がときめいてしまったからである。

関係が始まったきっかけは間違いなくセックスだが、その時点ではもう、すっかり恋に落ちていた。自分でも制御できない恋愛感情に溺れ、紗月のことが好きで好きでたまらなくなっていた。

2

京太郎は深夜シフトでコンビニのアルバイトをしているので、基本的に昼間の時間は空いている。本当は就職活動にあてなければならないのだが、もはや完全にやる気をなくし、いっさいなにもしていなかった。以前面接を受けた会社から郵送書類が届いても、どうせ不採用だろうと封も切らずに捨てていた。

一方の紗月は、昼間のシフトに駆りだされることが多い。その日もそうだったので、カラオケボックスに行くのは翌日、ということになった。

京太郎はネットで「激安カラオケ」を検索し、いちばん安かったところの池袋店に予約を入れた。安いと言っても何十円の差なので、そこまでこだわる必要はないのだが、節約のためにカラオケボックスを利用するのだからと、ちょっと意地になって探してしまった。

翌日の午後二時、京太郎はひとりで店に向かった。家から歩いて三十分ほどのところにある。部屋で待機していると、程なくして紗月がやってきた。青い花柄のワンピース姿だった。

「……狭いね」

部屋を見渡して苦笑する。たしかに狭かった。ふたりしか座れないソファがあり、テーブルを挟んで大型モニターが置いてある。それ以外のスペースはほとんどなく、息がつまりそうだ。何十円をケチらずに、もっと広い部屋にするべきだった。

「でもいいや」

紗月はソファの隣に座り、京太郎の腕にしがみついてきた。

「狭い部屋のほうが、ふたりきりの実感が味わえるし……早くふたりきりになりたかった……」

「僕もですよ……」

「本当？」

ねっとりと潤んだ瞳で見つめられ、京太郎は呼吸ができなくなった。本当にすごい色香だった。ただ見つめあっているだけで、勃起しそうだった。年上の人妻が振りまくフェロモンが、狭い部屋の中に充満していくようである。

「キスして」

眼を細めてささやかれ、京太郎は唇を重ねた。すぐにお互いに舌を出して、ディープなキスへと移行していく。

「ぅんんっ……ぅんんっ……」

鼻息のはずむ音さえいやらしく、紗月は舌を動かす。京太郎の口の中に舌を差しこんできて、口内粘膜はもちろん、歯や歯茎まで情熱的に舐めまわしてくる。

勃起を我慢するのなんて無理だった。

しかし、どうすればいいのだろう？　京太郎にしても、もしかしたらカラオケボックスでセックスができるかもしれないと思っていた。しかし、部屋が狭いということは、扉も近いということなのだ。

扉を開けたら廊下で、廊下から室内は見えないようになっているが、どういうわけか、足元だけは見えていた。下から一〇センチくらい、目隠しの黒いシールが貼られていない。店員や客が廊下を行き交う様子がよくわかる。靴しか見えなくても、すぐそこに人のいる気配がする。

こんなところでセックスなんてできない――常識的に考えればそういう答えしか導きだせないのに、紗月のキスは情熱的になっていく一方で、京太郎の体までまさぐりはじめた。

「会いたかった……会いたかったの……」

うわごとのように言いながら、胸のあたりを撫でさする。パーカーを着ていても、紗月の手の動きがいやらしすぎるから、身をよじりたくなってくる。

「あっ、あのうっ……」

京太郎は上ずった声で言った。

「ラブホに移動しません？　ここでこれ以上はっ……」

もはや懐具合がどうこう言っている場合ではなかった。紗月は完全にスイッチが入ってしまっている様子だし、かといってここではセックスなんてできない。彼女が隣家まで届くあえぎ声の持ち主であることを考えれば、たとえカラオケの音でカムフラージュしたとしても、廊下まで聞こえてしまいそうな気がする。

「移動？　こんなになってるのに？」

紗月の手指が、ついに股間に伸びてきた。ズボン越しに、もっこりと盛りあがった部分を撫でられる。

「こんなに大きくなってて外を歩けるの？　ひと目で勃《た》ってるってわかるわよ」

「そっ、それはっ……」

いやらしい気分を振り払うしかないが、紗月がこの調子ではクールダウンなんてできそうもない。いやらしい手つきで股間をまさぐられているのだから、逆にヒートアップしていくばかりである。

「一回出せば、楽になる？」

紗月の言葉に、京太郎は息を呑んだ。

脳裏をよぎったのは、もちろんフェラチオである。それはいいアイデアかもしれない、と思った。女があえぐより見つかりにくいし、射精をすれば勃起はいったんおさまってくれるだろう。その隙にラブホテルに移動すればいい。口内射精させてもらったお礼に、今日はいつもの倍の時間、クンニに没頭しよう。

ところが……。

「おっ、お願いできますか？」

京太郎が上目遣《うわめづか》いでささやくと、

「いいわよ」

紗月は満足げな顔でベルトをはずし、ファスナーをさげた。ブリーフごとズボンをめくりさげて、勃起しきったペニスを露《あら》わにした。

そこまでは想定内だった。

だが、紗月が次にとった行動は、亀頭を頬張って唇をスライドさせることではなかった。対面座位の体勢で、京太郎にまたがってきたのである。

「パンツ穿かないで来ちゃった」

紗月に耳元でささやかれ、京太郎は呆然とした。ノーパンの人妻は、青い花柄のワンピースを着たまま、裾をたくしあげた。彼女は是が非でも、カラオケボックスでセックスをするつもりだったのだ。そのためにノーパンで……。

「濡れてる……」

紗月は自分の股間を触っていた。ワンピースの裾は太腿あたりまでしかたくしあげられていないので、京太郎からは様子をうかがえなかった。

「濡れてるから、入れていいよね？」

ペニスに手を添え、切っ先を入口に導いていく。ヌルッとすべった感触で、京太郎にも濡れていることがわかった。胸が熱くなってくる。愛撫なんてなにもしていないのに、こんなにも濡れているなんて……。

「んんんっ……」

紗月が腰を落としてきた。奥の奥まで濡れているようで、一気にずぶずぶとすべてを呑みこまれていく。亀頭がコリコリした子宮にあたる。わたしたちは体の相性がいい、と紗月は言う。京太郎にもそういう実感がある。紗月の肉穴は、自分のペニスのために誂《あつら》えられたようにぴったりなのだ。

「あああっ……」

紗月は体中を小刻みに震わせて、結合の感触を嚙みしめている。亀頭が子宮にあたるから、ペニスを入れただけで気持ちがいいのだそうだ。そういう相手は初めてだと言っていた。もちろん、動けばもっと気持ちがいいのだろう。

そんな彼女をよそに、京太郎は自分たちのミスに気づいた。音楽をかけていなかった。紗月の声量を考えれば、大音響でカモフラージュしなければならないのに、カラオケのリモコンはモニターの下に引っかかっていて、手を伸ばしても届きそうもない。

紗月に協力を要請することはできなかった。

「あああっ……はぁあああっ……」

早くも腰をグラインドさせ、性器と性器をこすりあわせている。見つかったらそのときはそのとき——京太郎は腹を括《くく》ったが、

「ねえ、キスして……」

紗月が腰をまわしながらねだってきた。唇を重ね、舌をからめあった。唾液が糸を引く濃厚な口づけをしていれば、紗月の腰使いにも熱がこもってくる。股間をしゃくるように、クイッ、クイッ、と腰を振りたてる。

「今日はいっぱいキスしよう……」

息をはずませながら、紗月がささやく。

「キスしてれば声を我慢できるから……いっぱいキス……」

いちおう考えていてくれたのか、と京太郎は嬉しくなった。彼女には人目を気にしないところがあるが、こういう場所ではさすがに気にしたほうがいい。

「うんんっ……ぅんあっ……」

吐息をぶつけあいながら、舌をしゃぶりあった。紗月の腰使いのピッチはあがっていく一方だった。あえぎ声は我慢しても、ずちゅっぐちゅっ、ずちゅっぐちゅっ、という肉ずれ音はどうにもならない。廊下まで聞こえることはないと思うが、狭い部屋

なのでよく響く。

たまらなかった。

できることならワンピースの上をはだけさせ、ルビーのように赤い乳首を吸いたかった。挿入中に乳首を吸ってやると、紗月は感じまくる。すぐにイッてしまう。だが、乳首を吸ったらキスができなくなってしまう。

「ダッ、ダメッ……」

紗月が紅潮した顔をくしゃくしゃにして見つめてきた。

「わたし……すごく興奮してる……見つかるかもしれないと思うと……あそこが熱くなってしょうがない……」

「イキそうですか？」

「……うん」

「イッてください」

京太郎はうなずき、抱擁に力をこめた。舌と舌をからめあうのではなく、唇と唇をしっかりと密着させて、声が出ないようにした。オルガスムスのときの声など、そんなことくらいで防ぐことができるのかどうか、京太郎にはわからなかった。だが、イカせてやりたい。絶頂に達したとき、紗月は最高に魅力的になる。地味で薄幸な女ではなく、エロスの女神と成りかわる。

「ぅんぐっ……ぅんぐっ……」

キスをしていても、紗月の顔が真っ赤に染まっていくのがわかる。細い腰は動きつづけ、ずちゅぐちゅっ、ずちゅぐちゅっ、と淫らな音をたてて勃起しきったペニスをしゃぶっている。

「ぅんんんーっ！　ぅんんんんんーっ！」

ビクンッ、ビクンッ、と腰を跳ねさせて、紗月はオルガスムスへと駆けあがっていった。体中の肉という肉を痙攣させながら、激しいまでに身をよじる。その細身の体を、京太郎はしっかりと抱きしめていた。アクメに達して締まりを増した肉穴は最高に気持ちよかったが、こちらにはまだ余裕がある。

紗月の動きがとまった。

唇と唇も自然と離れ、彼女の呼吸が整うのを京太郎は待った。

紗月の眼には涙が溜まっていた。よくあることだが、やがて大粒の涙がボロボロとこぼれ落ち、紅潮した双頰を盛大に濡らした。それはよくあることではなかった。

「もうやだっ！」

悲痛な声で叫ぶように言った。

「わたしっ……わたしもうっ……あの人のところに帰りたくないっ…京太郎くんとずっと一緒にいたいっ！　好きなのっ！　京太郎くんが大好きなのっ！」

「さっ、紗月さんっ！」

お互いがお互いの口をむさぼるようなキスをした。

京太郎にしても、紗月を夫の元になんて帰したくなかった。あのカマキリ野郎に紗月がいじめられているところを想像するだけで、暴れだしたくなってくる。

おそらく、このときふたりの脳裏に「駆け落ち」という言葉が初めてよぎった。紗月は泣きながら再び腰を使いはじめ、京太郎も泣きながら紗月を抱きしめていた。

3

ふたりを乗せた東海道本線は快調に走りつづけている。

各駅停車だがグリーン車にした。ふたり掛けの席なので、ずっと手を握っていられるからだ。

行き先をはっきり決めていなくても、ふたりの頭の中にはぼんやりとしたイメージがあった。ひなびた温泉宿に行きたい、というものだ。なんとなく駆け落ちに似つかわしい気がしたし、しばらく静かなところに逗留し、心を落ち着けたかった。

潤沢とは言えないが、それなりの資金もある。

ラブホテル代さえケチっていた京太郎だが、駆け落ちを決断したからには、男の自分がなんとかしなければならないと思った。

机の引き出しに、ロレックスの腕時計が二本眠っていた。

祖父の形見である。専門店に持っていったところ、二本で五十万ちょっとになった。人妻と駆け落ちするために形見を売り払うなんて、罰当たりにも程があるだろう。京太郎はお爺ちゃん子だったので、胸が痛んでしかたがなかったが、後悔はしないだろうと思った。いま紗月と駆け落ちしないほうが、後悔するに決まっている。

「あっ……」

隣に座っている紗月のスマホが着信音を鳴らしたので、京太郎はビクッとした。紗月は相手を確認すると、電源を切った。夫からの電話だろうと思った。

京太郎もスマホの電源を切る。眼を見合わせて笑う。車内に「間もなく熱海です」というアナウンスが響いた。

「熱海って行ったことあります？」

京太郎は訊ねた。

「ないなあ……」

紗月は遠い眼で首をかしげた。彼女は北海道出身なので、関東の観光地に明るくない。

「僕はちっちゃいころに親に連れてこられたんですよね。幼稚園とか小一とか、そういうころだから、記憶も薄いんですけど……」

「降りてみる？」

「いいですか？　電車乗ってるのもちょっと飽きてきたし」

京太郎は熱海に対し、ひなびた温泉街というイメージを抱いていた。かつては栄華を誇ったものの、いまは誰にも見向きもされなくなった昭和の遺物、というような感じである。

かつて廃墟を見学する静かなブームがあったが、京太郎も滅びていくものを眺めるのは嫌いじゃなかった。メンタルが弱っているときはとくにそうだ。胸の中が不安でいっぱいなとき、ナイトプールではしゃいでいるパリピとか、キラキラしたものは遠ざけておきたいではないか。

ところが、電車を降りてみて驚いた。

ひなびた温泉街とは全然違ったからだ。

熱海の駅ビルは新しく近代的だし、おみやげ屋が軒を連ねる駅前のアーケード街は平日にもかかわらず大変なにぎわいだった。浮かれた観光客の間を縫うようにして歩きながら、ここじゃない、と京太郎は内心でつぶやいた。

「わたし、海じゃなくて緑がみたいなあ」

紗月がポツリと言った。

「緑というと、山？」

「そうそう。山に囲まれてて、渓流とかあるところ」

「釣りとかしたいんですか？」

「まさか」

眼を見合わせて笑った。

「したことないもの、釣りなんて」

「僕もないです」

京太郎も釣りには興味がなかったが、山の中には惹かれるものがあった。まわりに人影がまったくないところで、紗月とふたりきりになりたかった。

ネットでざっと調べたところ、よさげな温泉宿が見つかった。伊豆半島の真ん中あたり、まさしく四方を山に囲まれている。おまけに料金が安い。一泊二食付きでひとり五千円――これだ、と京太郎は胸底で快哉《かいさい》をあげた。

熱海駅に戻り、東海道本線で三島まで行った。そこから伊豆箱根登山鉄道に乗り換え、さらにバスで山道を進んでいく。まわりの緑がどんどん深くなり、最初はポツポツとあった民家も、そのうちまったく見えなくなった。

「すごいところね……」

バスをおりると、紗月があたりを見渡して言った。

「秘境って感じがする……」

すっかり山の中だった。温泉宿など見当たらない。宿に電話してみると、そこからさらに三十分ほど歩かなければならないようだった。バスが走っていたのは舗装されている道だが、山道のように舗装されていない道を……。

「安さの秘密は辺鄙《へんぴ》な場所だったからか……」

電話を切った京太郎は、途方に暮れそうになった。ネットの案内をよく読まなかった自分が悪いのだが、バスをおりてから三十分も歩かなければならないなら別の宿にしただろう。紗月は裾の長いワンピースを着ており、足元はパンプスである。それほど踵《かかと》が高くはないが、山道を三十分も歩くのなんて無理だろう。

「やめときますか？」

京太郎は上眼遣いで紗月の顔色をうかがった。

「その靴で山道はきついでしょ？　戻りましょう」

「ううん」

紗月は即座に首を横に振った。

「こういうところに来たかったの。あなたとふたりで……」

紗月が意気揚々と山道に入っていったので、京太郎もしかたなく続いた。

「こういう靴だって、あんがい歩けるのよ。いつも履いている靴なんだもん」

「はあ」

京太郎は力なく返事をした。スニーカーを履いている自分だって、山道を三十分も歩きたくはないのに……。

ただ、救いがないわけではなかった。足元は悪くても、勾配がほとんどなかったのでそれほどハードな道のりではない。それに、山の中は空気がおいしい。風が新緑を揺らし、頬やうなじをやさしく撫でながら通りすぎていく。

時折、赤や黄色の花も咲いていた。小鳥の鳴き声も聞こえる。都会とはまったく違う時空間にどっぷりと浸かり、現実感が失われていくようだ。

「あっ……」

紗月が立ちどまって声をあげた。眼下に渓流が見えたのだ。耳をすませば、川のせせらぎも聞こえてくる。

「ちょっとおりてみない？」

「いやあ……」

京太郎は弱りきった顔で首をかしげた。崖とまでは言わないけれど、川に近づくには急勾配をおりていかなければならない。男の自分にはなんてことはないが、パンプスを履いた女にできるだろうか？

「甘く見ないでね。わたし、こう見えて運動神経いいんだから」

紗月がおりていこうとしたので、

「ちょっ……待ってくださいっ！」

京太郎はあわててとめ、彼女の前にまわりこんだ。

「どうしてもおりるなら、僕が先に行きます」

「……大丈夫？」

紗月が悪戯っぽく眉をひそめる。京太郎は決して体格がいいほうではない。腕力があるような容姿をしていないし、実際にあるほうではない。

それでも、愛する女がすべり落ちてきたら絶対に守ってやりたい。

「足元、気をつけてくださいね」

言い残し、急勾配を先におりていった。傾斜はきつくても、木や蔓《つる》などつかまるところがあるので、ゆっくりおりていけば問題なさそうだ。

振り返って紗月を見た。木をつかみながら怖々とおりてきた。なんとかふたりで下まで到着する。

川の近くにおりてくると、上で聞いていたより川音がずっと大きかった。木漏《こも》れ日の差しこんでくる渓流の景色は幻想的で、また現実感が失われていく。

「……してる？」

紗月がなにか言ったが、川音に邪魔されて聞こえない。

「なんですかっ！」

京太郎は声を張って訊《き》き返した。

「後悔してるっ？」

紗月も声を張って返す。

京太郎は一瞬、答えに窮した。駆け落ちしたことを後悔しているかいないかと訊ねられたら、していないと答えるしかない。本心からそう思っているが、不安や問題がないわけではない。

紗月の夫は激怒しているだろう。京太郎の両親にしても同様であり、二度と実家の敷居をまたぐことはできない。祖父の形見を売った資金で当面は逃避行を続けられても、その先の展望などなにもない。未来は深い霧の中に閉ざされ、一条の光すら差しこんでいないのだ。

いや……。

「後悔してるっ？」

紗月が川音に負けない声で叫んでくる。

一条の光はここにあった。彼女さえ側にいてくれれば他にはなにもいらないと、すべてを捨てて駆け落ちしてきたのだ。彼女が光そのものでなくて、いったいなんなのだろう？

そうであるなら、紗月を不安にさせるのは男のすることではなかった。

「後悔なんてしてるわけないじゃないですかっ！」

京太郎は笑顔で叫び、紗月を抱き寄せようとした。彼女が胸に飛びこんでくるほうが早く、熱い抱擁となる。唇と唇が自然と吸い寄せられて重なり、お互いに舌を差しだしてからめあうと、未来への不安は一瞬にして断ち切られ、淫らな欲望がむらむらとこみあげてきた。

「ねえ、ちょうだいっ！　京太郎くんをちょうだいっ！」

すがるような眼つきで紗月が叫び、京太郎はうなずいた。上の道から見られる心配がないわけではなかった。とはいえ、木々がたくさん茂っていて隠れるところがたくさんあるし、なにより京太郎自身が、紗月を欲しかった。

「ああっ、早くっ……早くちょうだいっ……」

瞳を潤ませて身をよじっている紗月をうながし、太めの木に両手をつかせた。尻を突きださせると、ワンピースの裾をまくった。水色のパンティと、それを妖しく透かしているストッキングを乱暴にめくりおろし、小ぶりの尻を剝きだしにする。

「いきますよ……」

京太郎は手早く自分のズボンとブリーフをさげると、勃起しきった男根を握りしめた。紗月と出会う前、立ちバックなどという体位はＡＶの世界のものだとばかり思っていた。彼女のおかげで実に様々な体位とその悦《よろこ》びを知ることができた。

ずぶっ、と切っ先をねじこむと、

「あううーっ！」

紗月は甲高い声をあげた。京太郎は息をとめて結合感を嚙みしめていた。愛撫をなにもしていないから、紗月はまだ充分に濡れておらず、肉と肉とがひきつれる。それでも、小刻みな出し入れを繰り返しているとみるみる濡れて、抜き差しがスムーズになっていく。

京太郎は両手で紗月の細い腰をがっちりとつかみ、本格的に腰を使いはじめた。小ぶりだが丸みの強い悩殺的なヒップを、パンパンッ、パンパンッ、と打ち鳴らし、子宮をひしゃげさせる勢いで連打を放つ。

「ああっ、いいっ！　いいいいいいーっ！」

紗月の声にも情感がこもってくる。

「ちょうだいっ！　もっとちょうだいっ！　突いてっ！　紗月のオマンコ、めちゃくちゃに突きまくってえええーっ！」

風薫る初夏の緑の中で、京太郎と紗月は一対《いっつい》の獣となった。

4

目当ての温泉宿に到着するまで、結局一時間以上かかった。

途中でセックスなんてしてしまったからだが、普通に歩いたとしても、三十分では辿り着けなかったような気がする。

騙された気分にならないこともなかったが、宿そのものはとても気に入った。湯治《とうじ》場《ば》として自炊をしながら長逗留する者も多いというその宿泊施設は、広々とした敷地に古ぼけた建物がいくつも建っていた。まるで時代劇に出てくる農家の集落のようで、まさしくひなびた温泉宿だった。

「とりあえず温泉に入りましょうか」

仲居《なかい》に部屋に通されると、京太郎は疲れきった顔で言った。駆け落ちしてきたふたりだから、密室でふたりきりになったら、すぐさまお互いを求めあうのが自然かもしれない。

とはいえ、さすがに歩き疲れていたし、紗月の顔色も冴えなかった。時刻はまだ午後三時を過ぎたところだから、夕食までは時間がある。となると、温泉にでも入るしかないだろう。

その宿には本館一階にある大浴場の他、離れになっている家族風呂が五つもあった。扉の札を「入浴中」にして鍵《かぎ》をかければ、貸切にできるシステムだ。部屋に露天風呂が付いている高級旅館とはわけが違うが、駆け落ちしてきたふたりにとってはありがたいシステムと言っていい。

一時も離れたくなかったから……。

「風情あるのね……」

まだ服を着たまま浴室をのぞいた紗月は、クスッと笑った。風情があるというより、年季が入りすぎている。シャワーなどの設備もなく、掘っ立て小屋の床に四角い木製の浴槽が埋めこまれているだけだから、いっそ貧乏くさいと言ったほうが正しいかもしれない。

せめて露天風呂だったら――そう思わないこともなかったが、どうだっていい問題だった。

紗月が服を脱ぎ、下着を取ると、他のものなど眼に入らなくなった。

輝くように美しいヌードがそこにあった。

彼女の正確な年齢は三十五歳らしい。京太郎の七歳年上になるが、細身のスタイルをしているせいか、崩れているところが見当たらない。逆に、細身に熟女の色香が加わって、たまらなく魅力的だ。先ほどたっぷりと精を吐きだしたし、山道を歩いて疲れきっているはずなのに、気がつけば京太郎のペニスは隆々と勃起していた。

紗月はこちらに背中を向けている。この透明感のある真っ白い艶肌はどうだ。しなやかな細い腰も、小ぶりながら丸みの際立つヒップも、生唾を呑みこまずにはいられない。

「お先に入ってるね」

紗月がガラガラと引き戸を開けて浴室に入っていったので、京太郎もあわてて全裸になり、あとを追った。

紗月は片膝を立ててしゃがみこみ、木製の桶でかけ湯をしていた。こちらに背中を向けている。浴室に入る前に髪をアップにまとめたので、うなじが見えていた。湯に濡れたうなじのセクシーさが、京太郎のペニスをますます反り返らせる。

紗月は湯に浸かると、

「どうしたの？」

仁王立ちになったまま動けない京太郎を見て、クスクスと笑った。

「いいお湯よ。早く入れば」

「はっ、はい……」

京太郎はうなずいて、かけ湯をした。仁王立ちで動けなかったのは、湯に浸かった紗月のヌードがあまりにも神々《こうごう》しかったからだ。控えめなサイズの胸のふくらみ、その先端で赤く輝いている乳首、湯の中で揺れている獣のように濃い草むら――どこもかしこもいやらしくて、視線が一箇所に留まれない。

お湯に浸かった。家族風呂なのでそれほど大きくないが、それでも大人ふたりが肩を並べ、脚を伸ばすことはできる。

「たっ、たしかに……いいお湯ですね……」

嘘ではなかった。お湯は透明で、泉質は柔らかく、温度はぬるめ。

しかし、恥ずかしいほど鼻息がはずんでいるのは、紗月のヌードに興奮しているからだった。もう抱き心地を知っているのに、いや、知っているからこそ興奮もするし、愛《いと》おしさも覚える。自分はこの体と、何度となく恍惚《こうこつ》を分かちあったことがある。あられもないイキ顔まで、脳裏をチラつきはじめる。

「いやらしいこと考えてるでしょ？」

紗月が咎《とが》めるように言った。

「さっき、外であんなに激しく愛しあったばかりなのに……」

視線が京太郎の股間に向かう。温泉の中で勃起が隠しきれるはずもなく、京太郎の顔は燃えるように熱くなっていく。

「なっ、なんかすいません……」

「いいの」

紗月が眼を細めて近づいてくる。ふたりの肩と肩は一五センチほど離れていたが、一気にゼロになり、二の腕同士が密着した。

「わたしも考えてたから……いやらしいこと」

「えっ？　どんな……」

「さっきは興奮したなって……」

伏し目がちで答えた紗月の双頬が、にわかに赤く染まってきた。鼻の頭に汗の粒が浮かんでいる。

「いつもと違う場所でするの、刺激的なんだなって……」

双頬が赤く染まったのも、鼻の頭の汗も、温泉のせいではないようだった。湯はぬるめだし、そもそもまだそれほど長く浸かっていない。

「こっ、ここでもしますか？」

京太郎は思わず言ってしまった。紗月がそれを望んでいるように感じたからだった。

「ここなら完全な野外より、人に見つかる確率も低いし……」

「そんな……恥ずかしい」

紗月は頬を赤く染めて首を横に振った。だが、羞じらいながらも彼女は欲情している。湯の中で太腿をもじもじとこすりあわせている。

「さっきは自分から誘ってきたじゃないですか？」

「それは……気持ちを確かめあいたかったからじゃないの。いやらしい気持ちでしたかったわけじゃないし……」

「じゃあ、途中まで……」

京太郎は紗月の肩を抱き寄せ、顔と顔を近づけた。キスはせずに表情を観察しながら、赤い乳首に触れてやる。湯の中でほんの軽く、つん、と……。

「あんっ……」

紗月は眉根を寄せて声をもらした。恥ずかしがっていてるふりをしていても、欲情を隠しきれないのが三十五歳の熟女である。つん、つん、と乳首を突くほどに、きりきりと眉根を寄せて身をよじる。指腹でくすぐるように撫で転がせば、乳首もいやらしいほど尖《とが》りきり、キュッとつまんでやると、

「あああっ！」

紗月は甲高い声をあげてしまい、あわてて手で口を押さえた。

いやらしすぎる反応に、京太郎も激しく興奮した。乳首をつまみながら唇を重ね、むさぼるようなキスをする。舌と舌をからめあいながら、左右の乳房を揉みくちゃにする。そうしつつ耳に吐息を吹きかけ、首筋に舌を這わせる。

「んんんっ……あああああっ……」

紗月の美しい瓜実顔は、もう真っ赤だった。そのうえ、顔中にびっしりと汗の粒を

浮かべている。

視線を下半身に移せば、両脚がじわじわと開いていった。それもまた熟女だった。彼女は欲しがっている。乳首より感じる部分を触ってほしいのだ。

京太郎は阿吽《あうん》の呼吸で、紗月の股間に右手を伸ばしていった。湯の中で海藻のように揺れている陰毛をもてあそびつつ、その下で熱く疼いている部分に中指をあてがっていく。

「あああっ……」

紗月の眉間の縦皺は深くなっていくばかりだ。花びらの合わせ目は、温泉に浸かっていてなお、はっきりとわかるほどヌルヌルしていた。発情の蜜をたっぷりと漏らしているようだった。

京太郎はそれを潤滑油にして、指を動かした。ねちっこく合わせ目をなぞる動きを繰り返せば、花びらは自然とほつれ、左右に開いていった。穴の入口のヌルヌル具合はいやらしいほどで、刺激するほどヌメリを増していく。

「あううっ！」

中指をゆっくりと入れていくと、紗月は汗まみれの喉を突きだした。最初のとき、彼女をわけもわからず指でイカせた京太郎だった。紗月が勝手にイッてしまった感じだったが、いまは自分の意思でイカせることができる。

濡れた肉ひだがびっしり詰まった中で中指を折り曲げ、紗月の感じるポイントを刺激してやる。まずはざらついた凹み――Gスポットだ。

「ああっ、そこっ！」

紗月がきゅうっと眉根を寄せる。眼はきつく閉じているが、口は半開きで、たまらなくセクシーな顔をしている。

京太郎は思わず半開きの口にキスをした。舌を差しこんでいくと、紗月も舌を伸ばしてきた。

ネチャネチャと舌をからめあいながらGスポットを押しあげてやると、紗月はうぐうぐと鼻奥で悶え泣いた。イキたがっているようだった。京太郎にもこのままイカせられる手応えがあった。

だが、イカせない。

イキそうになると折り曲げている指を伸ばして、紗月を焦らした。

「もうっ！　意地悪」

紗月が眼を開けて睨《にら》んできたが、京太郎は怯《ひる》まなかった。むしろ、内心でほくそ笑んでいた。美人の怒った顔は美しいからである。

5

京太郎は焦らし手マンを続けた。

時折、指を抜いてクリトリスをいじったり、逆に指を二本にしたりして、紗月をオルガスムス寸前で宙吊りにしつづけた。

紗月は紅潮しきった顔を汗まみれにしていた。京太郎の執拗な愛撫に加え、ふたりは温泉に浸かっているのだ。お湯がぬるいので、京太郎はまだいくらでも入っていられそうだったが、ちょっと紗月が可哀相になってきた。

「……あんっ！」

肉穴から指を抜き去ると、紗月がまた睨んできた。いつまで焦らすつもり？　と彼女の顔には書いてあった。

「立ってください」

京太郎は紗月の腕を取って立ちあがらせた。彼女の顔は真っ赤だった。デコルテこそ素《す》の色だったが、乳房から下は生々しいピンク色に染まりきり、たまらなくエロティックだった。しかし、見とれているわけにはいかない。紗月を湯船の縁《ふち》に座らせた。床と地続きになっているから木の縁だ。

「いやっ……」

両脚を開かせると、紗月は顔をそむけた。羞じらっているというより、羞じらう素振りを見せることで男を挑発している感じだった。

うわあっ……。

京太郎は胸底で声をもらした。紗月は顔に似合わず剛毛だった。ふっさりと茂った黒い毛が、アーモンドピンクの花びらを取り囲んでいる。温泉の中で時間をかけて愛撫した花びらはいつもより肥厚して、持ち主の唇のようにだらしなく口を開いている。

京太郎は湯に浸かり、クンニリングスの体勢を整える。

「んんんっ……」

顔を近づけていっただけで、紗月は軽く身をよじった。京太郎は、ホカホカと温かそうな花びらに、ふうっと息を吹きかけた。

「あああっ……」

紗月があえぐ。花びらに吹きかけた自分の息が、発情のいやらしい匂いを含んで戻ってくる。

京太郎は上眼遣いで紗月を見た。頬をひきつらせた彼女の顔からは、期待と欲情ばかりが伝わってくる。

「あううっ！」

ひと舐めで、甲高い声があがった。彼女の花は半開きになっているので、京太郎は尖らせた舌先でまず、花びらの内側を舐めた。左右とも丁寧に舐めてから、中心に舌を伸ばしていく。薄桃色の粘膜が、ひくひくといやらしいほど息づいている。ツツーッ、と下から上に舐めあげると、

「くぅうーっ！」

紗月は首にくっきりと筋を浮かべ、紅潮した顔を淫らに歪めた。

ツツーッ、ツツーッ、と京太郎は舌先を動かす。下から上へ、下から上へ——花びらの合わせ目の上端には、クリトリスがある。それを舐めるときは、舌の裏側を使う。紗月が教えてくれた。クリトリスは敏感すぎるほど敏感だから、ざらつきのある舌の表面ではなく、つるつるした裏側を使ったほうが感じるらしい。

「あああっ……いいっ！　気持ちいいっ！」

紗月は激しく感じはじめた。腰を動かし、股間を京太郎の顔に押しつけてくる。ヌメヌメした花びらで、蜜をなすりつけてくる。

京太郎は右手の中指に唾をつけ、肉穴に入れた。ゆっくりと奥まで入っていき、指を折り曲げてGスポットをぐっと押しあげる。

「あおっ！」

紗月はのけぞり、両手を後ろについた。ぐっ、ぐっ、ぐっ、とさらにGスポットを

押してやると腰が浮き、股間を出張らせるような格好になった。

いやらしい格好だった。浮かせた腰を支える両脚が、小刻みに震えていた。感じているようだが、本気で気持ちよくなるのはここからだ。

京太郎はGスポットを押しあげながら、クリトリスを舐めはじめた。つるつるした舌の裏側を使い、ねちねち、ねちねち、ねちねち……。

「はっ、はぁおおおおおおーっ！」

温泉宿の浴場にもかかわらず、紗月は獣のように咆哮《ほうこう》した。恥丘を挟んで内側からと外側からの、二点同時攻撃にみるみる我を失っていく。

「ああっ、イッちゃうっ……そんなことしたらすぐイッちゃうっ……イッちゃうイッちゃうイッちゃうっ……イクウウウウウウウーッ！」

ビクンッ、ビクンッ、と腰を跳ねあげ、紗月は絶頂に達した。

「あああっ……あああっ……あああっ……」

指でイッたにしては余韻が長いようで、あえぎながら腰をまわしている。喜悦を嚙みしめるような表情がいやらしすぎて、京太郎は見とれてしまった。

「……あふっ」

イキきった紗月は、浮かしていた腰を落とした。ハアハアと息をはずませながら、恨みがましい眼を向けてくる。年下の男に指でイカされるのは彼女でも恥ずかしいらしく、恥ずかしさを誤魔化すために怒った顔をする。

京太郎は立ちあがった。ぬるい温泉にはまだいくらでも浸かっていられそうだったが、目の前であられもなく両脚を開いている紗月がいやらしすぎて、ペニスがパンパンにふくれて悲鳴をあげていた。

しかし……。

挿入の体勢になろうとすると、紗月は四つん這いになった。バックをご所望、というわけではないようだった。顔がこちらを向いている。

「ぅんあっ……」

紗月は勃起しきったペニスをノーハンドで咥えこんだ。

「おおおっ……」

京太郎は腰を反らした。亀頭を包みこんでくる生温かい口内粘膜が気持ちよすぎて、ぶるっと身震いまでしてしまう。

「ぅんんっ……ぅんんっ……」

紗月は鼻息をはずませながら、亀頭を舐めてきた。口内に収めたまま舐めるのが彼女のやり方だった。口の中にもかかわらず、彼女の舌は素早く動く。ざらついた舌の表面でチロチロと裏筋をくすぐり、つるつるした裏側で鈴口をこすりたてる。そうしつつ唇をスライドさせ、肉棒をしたたかに舐めしゃぶってくる。

「おおおっ……おおおおっ……」

京太郎は限界まで腰を反らせ、湯に浸かっている両脚をガクガクと震わせた。イッたばかりのせいか、今日の紗月のフェラチオは激しかった。髪を振り乱して、男の器官をむさぼるようにしゃぶりたててきた。まるでペニスを食べようとしているような勢いだった。ヘッドバンキングのように頭を振りたてては、痛烈なバキュームフェラで吸いあげてくる。

「ぅんんっ……ぅんんっ……ぅんぐぐぐっ！」

紗月のノーハンドフェラには、やがて両手の援軍がやってくる。右手が玉袋をあやしはじめ、左手が肉棒の根元をしごきだす。そうしつつも口唇の動きも情熱的になっていく一方で、双頬をべっこりへこませて吸ってくる。

「おおおっ……おおおおっ……」

京太郎は激しく興奮した。顔が燃えるように熱くなり、額から汗が噴きだしてくる。脚の震えがとまらなかった。キューーッと力をこめて亀頭を吸われると、あまりの快感に眩暈《めまい》が起こる。フェラ巧者の紗月は緩急をつけるのがうまい。強く吸ったら、次はねっとりだ。唇の裏側でカリのくびれをぴっちりと包みこみ、ねちっこくこすりたててくる。

出てしまいそうだった。

いや、出したかった。

紗月に舐められて暴発しそうになったことは何度もあるが、実際に口内射精したことはない。紗月はその手のタイミングを絶対に見誤らないし、京太郎にしても口内射精をするのは、女に対して失礼だという気持ちがある。

だが、今日は出したかった。ここまで激しく吸いしゃぶられて、口内射精しないほうがむしろおかしいのではないだろうか？

「さっ、紗月さんっ……」

上ずった声で言った。

「こっ、このままっ……出してもいいですか？」

紗月が眼を向けてくる。一時もペニスを離したくないとばかりに、口唇にペニスを咥えたまま、上眼遣いで京太郎を見る。

「おっ、お願いしますっ……僕もうっ……もうっ……」

身をよじりながら哀願すると、紗月はペニスを咥えたままコクンとうなずいた。このままイキなさいとばかりに、根元を激しくしごきはじめた。口内では舌がすばしっこく動いていた。さらに唇をスライドさせ、カリのくびれを集中攻撃してくる。

「おおおおおっ……」

京太郎は恥ずかしいほど声をあげた。

「もっ、もう出るっ！　出るっ！　ぬおおおおおおおーっ！」

雄叫びじみた声をあげた次の瞬間、ドクンッ、とペニスが震えた。灼熱が尿道をすさまじいスピードで走り去り、痺れるような快感が体の芯を熱く燃えあがらせた。すさまじいスピードの正体は、紗月の吸引だった。射精が始まると同時に、彼女は鈴口を吸ってきたのだ。

強い力で吸われれば、精液が尿道を通過するスピードは倍増する。そのことが経験したことがない快楽の扉を次々と開け、京太郎を翻弄《ほんろう》した。ドクンッ、ドクンッ、というのがいつもの射精だとすれば、ドクドクドクドクッ、という感じなのだ。

「おおおっ……ぬおおおおっ……」

立っていられるのが奇跡に思えるような快感の暴風雨にさらされた京太郎は、体中を硬直させてぎゅっと眼をつぶった。長々と続いた射精が終わるころには、瞼《まぶた》の裏に熱い涙があふれていた。

第三章　いま終わってもいい

1

宿の部屋は四畳半だった。

狭いな、と最初は思ったが、窓を開ければ新緑の山が見え、さわやかな風が吹きこんでくるので、解放感がある。

京太郎と紗月はその部屋でセックスをし、食事をして、眠りにつく。部屋に風呂はついていないが、敷地内には大小様々な温泉がある。

なにも不自由はなかった。

一泊二食付き、ひとり五千円と値段も安かったので、世間から隔絶されたその宿に、もう一週間も泊まっていた。

朝晩運ばれてくる食事は質素だったが、それでよかった。高カロリーな食べ物でスタミナをつける、という話は嘘だと思った。少なくとも、セックスに使うスタミナは関係ないのではないか？　セックスに夢中になるあまり空腹を覚えないという体験を、京太郎は生まれて初めてしていた。

「ねえ、お酒がもうない」

紗月が空になったお銚子《ちょうし》を逆さにした。そんなふうに見えなかったが、彼女はたいへんな酒豪だった。ここに来てから、朝から晩まで飲んでいる。

「調理場も閉まっているでしょうしねえ……」

深夜の二時だった。窓を開けても真っ暗なので、カーテンまで閉めた四畳半に、ふたりはこもっていた。

「あっ……そういや、おみやげ屋で買ったやつが……」

京太郎はバッグの中をガサゴソと探り、純米酒の四合瓶を探しだした。熱海のおみやげ屋に入ったとき、なにも買わずに出てくるのが気まずくて買ったものだ。

「よかった」

四合瓶を受けとった紗月はにっこりと相好《そうごう》を崩した。

「お酒がないと夜も更《ふ》けないものね」

「飲みすぎですよ」

京太郎は苦笑した。

「いいじゃない。こんな生活、東京にいるときは考えられなかったんだから、満喫させて」

「いいですけどね」

紗月が飲みすぎなのは事実だったが、とめる気にはなれなかった。酔うと彼女は色っぽくなる。たいていの女がそうかもしれないが、紗月の場合はただでさえ色気があるので、ブーストのかかり方がすごい。浴衣《ゆかた》をだらしなく着崩した姿は、水のしたたるような色香を放っていた。

「京太郎くんもどうぞ」

紗月にお酌をしてもらい、京太郎は酒を飲んだ。お猪口《ちょこ》ではなく茶碗酒だ。酒は嫌いではないが、この一週間は自分でも呆れるほど飲んでいる。東京にいたころは、月に二度ほど飲みにいく感じだったのに……。

窓を開ければ解放感のある四畳半も、カーテンまで閉めている夜は籠《かご》の中に閉じこめられたようだった。朝まで匂いもこもっている。男と女が愛しあうときに醸《かも》しだされる甘い淫臭をつまみにすると、いくらでも酒が飲めるのだ。

「もう一杯いいですかね？」

茶碗を差しだし、お酌をしてもらった。こんなにも酒ばかり飲んでいるのは、やはり不安だからだろうか？

ここに来てから一週間——最初のうちは浮かれていたし、テンションも高かったが、人妻と駆け落ちしてきたという現実が、じわじわと背中にのしかかってきている。いつまでもここに連泊しているわけにはいかないし、ふたりの将来についていろいろと考えなければならないのに、そういう前向きな気分にはなれないのがもどかしい。

していることは、現実逃避だけだった。手段はふたつある。酒を飲んで酔っ払うこと、そしてセックスである。

この一週間、本当にそればかりだった。

酔っ払っているか、セックスしているか。あるいは、酔っ払いながらセックスしているか……。

「ねえ……」

紗月が声をかけてきた。

「今日はもうしないの？」

ねっとりと潤んだ瞳で見つめられ、京太郎の心臓はドキンとひとつ跳ねあがった。浴衣をだらしなく着崩している彼女は、布団の上に座っている。つい先ほどまで、裸で腰を振りあっていた布団の上だ。

抱けば抱くほど、彼女の感度は高まっていった。女というのは、イケばイクほど次の絶頂が気持ちよくなるものだと、紗月に教わった。男にはよくわからない感覚だが、実際、彼女の絶頂は激しくなっていくばかりだった。

京太郎の性技が達者になった、という部分もあるかもしれない。紗月と出会うまでは、二十八年間できちんと付き合った女はひとりだけで、他の性体験といえばフーゾクくらいなものだが、紗月というセックスの教師に出会えたおかげで、ずいぶんとうまくなった実感がある。

「舐めてあげようか？」

紗月が四つん這いで近づいてきた。狭い四畳半なので、京太郎が座っているのも布団の上だ。セックスばかりしているふたりだから、食事が運ばれてきたとき以外は敷きっぱなしである。

紗月と同じように、京太郎もまた、だらしなく浴衣を着崩していた。その裾の中に、紗月の細い手が入ってくる。

「さっき出したばかりなのに、無理ですよ……」

京太郎は苦笑した。今日一日となると、すでに三度も射精している。この宿に来てから、ずっとそんな調子だった。

「むむっ……」

浴衣に隠れた股間をまさぐられた。下着は着けていなかった。セックスが終わったばかりだからだ。ペニスは当然のようにちんまりした状態だったが、紗月にいじられるとこれまた当然のように、むくむくと隆起していく。

異常な感じがした。

一日三度の射精を一週間も続けているのに、まだ勃起する。紗月が欲しくてたまらなくなる。彼女と恍惚を分かちあうために、自分はこの世に生まれてきたのではないかとさえ思ってしまう。

「大きくなったよ……」

紗月が勝ち誇ったように笑う。口許だけに淫靡な笑みを浮かべ、こちらを見つめる瞳は欲情にねっとりと潤んでいる。

「ぅんあっ……」

浴衣の裾をはだけさせ、屹立したペニスを剝きだしにすると、四つん這いになって咥えてきた。酔うとエッチな気分になる——この宿に来てから、紗月は口癖のようにそう言っていた。だから朝から晩まで酒を飲むのだと……。

「ぅんんっ……ぅんんっ……」

口内で舌を動かしながら、唇をスライドさせる。むほっ、むほっ、とはずむ鼻息もいやらしく、しゃぶり方に熱を込めていく。

「さっ、紗月さん……」

京太郎は上ずった声で言った。

「この先、僕たちどうなっちゃうんでしょうね？」

駆け落ちしてから初めて、不安を口にした。セックスが始まってしまえば夢中になってしまうふたりだから、いましか訊くことはできないと思った。

「ふふっ……どうなっちゃうと思う？」

紗月が悪戯っぽく笑う。彼女の笑顔はどこまでも淫靡でいやらしい。

京太郎が答えられないでいると、

「わたしはね……」

紗月はペニスを握りしめながら言った。すでにフル勃起の状態だった。

「いま終わってもいいと思ってる」

「えっ……」

京太郎は衝撃を受けた。驚くあまりペニスが萎《な》えそうになったが、紗月がそれを許してくれなかった。強く握りしめたまま、ゆっくりとしごかれた。

「あなたと過ごした時間は短かったけど、愛があったのは本当よね？　だからこの愛は永遠……打ちあげ花火だって夜空を彩《いろど》るのは一瞬だけど、心には永遠に残るでしょう？　そういうものよ、愛って……」

よくわからない話だった。しかし、紗月も同じように、不安を抱えていることが伝わってきた。終わりが近いことを予感しているのかもしれない。

勢いで駆け落ちしたものの、ふたりの未来は閉ざされていた。不安にならないわけがなかった。こんな毎日が永遠に続くはずがない。

なるほど……。

そうであるなら、夜空を彩る打ち上げ花火のように、大輪の花を咲かせたほうがいいのかもしれなかった。ふたりにとってそれは、セックス以外にあり得ない。

本来なら、閉ざされているように見える未来をこじ開ける前向きな方法を、真剣に考えるべきなのだろう。しかし、勃起したペニスを握られた状態では、思考回路がまともに働いてくれない。

「紗月さんっ！」

抱き寄せて、キスをした。ネチャネチャと音をたてて舌をからめあっていると、この愛が終わるだなんて信じられなかった。京太郎は紗月のために、すべてを捨てて駆け落ちした。

後悔はしていない。彼女はそれに値する、唯一無二の女だと思っている。

「ああっ！」

紗月がせつなげな声をもらした。京太郎が浴衣の合わせをはだけさせ、乳房を揉んだからだ。京太郎同様、彼女も下着を着けていない。白い艶肌には、前回のセックスで流した淫らな汗の匂いすらまとっている。

「あああっ……くぅううーっ！」

ルビーのように赤い乳首をつまんでやると、くぐもった声を出してぶるっと震えた。紗月は乳首がとびきり敏感だった。そこを刺激してやると、まるでスイッチが入ったように欲情を隠しきれなくなる。

京太郎は紗月をあお向けに倒すと、白くて形のいい双乳を見下ろした。両手で裾野からすくいあげ、力まかせに揉みくちゃにした。

ゆっくり、やさしく、というのが紗月に教わったセックスマナーだった。しかし、性技の腕があがったいまの京太郎は、緩急がつけられる。愛撫は時に、力を込めることも必要だった。そのほうが彼女も感じてくれる。ダメ出しをされないのだから、間違ったやり方ではないはずだった。

2

酔うとエッチな気分になる、と紗月は言った。

それに加え、酔うとセックスがひときわ気持ちよくなる、という側面もあると京太郎は思っている。もちろん、女の場合である。紗月を見ているとそう思わざるを得ない。酔った方が解放的な気分になるし、感度もあがるのだろうと……。

「ああぁっ……」

クンニリングスを開始すると、紗月は白い喉を突きだしてのけぞった。乳房や下半身は剥きだしでも、帯はといていないから浴衣をはだけさせた状態である。それがまた、いやらしい。三十五歳の人妻の色香をこれ以上なく際立たせる、悩殺的なコスチュームになっている。

「ああぁっ……はぁああぁっ……くぅううぅーっ！」

ねちねちとクリトリスを舐め転がしてやると、紗月は身をよじって悶えに悶えた。クリトリスはすでに包皮をすっかり剥ききって、いやらしいくらいに尖っている。

京太郎は紗月の官能の中核をまじまじと眺めた。珊瑚《さんご》色に輝く肉芽は本当に小さく、米粒ほどしかない。だが、刺激をすれば紗月は全身で反応する。のけぞったり、身をよじったり、ガクガクと腰を震わせたり……。

ずるいと思った。

男は酒を飲んでも感度が高まるとは思えないのに、酔った紗月はどこまでも気持ちよさそうに性を謳歌《おうか》している。いま終わってもいいだなんて、別れを示唆するような台詞《せりふ》を吐いておきながら、こんなにもいやらしく……。

だいたい、こちらが一回射精する間に、彼女のほうは十回以上オルガスムスに達するのだ。もちろん、女をイカせる満足感、というものが男にはある。だがやはり、どう考えても彼女のほうが膨大な快楽を得ているはずだ。

ちくしょう……。

京太郎は浴衣の帯をといて全裸になると、紗月の上に覆い被さった。上下逆さまにだ。男性上位のシックスナインの体勢である。女性上位やお互い横向きのシックスナインはしたことがあるが、男が上になるのはしたことがない。

だが、いまばかりはちょっと攻撃的な愛撫がしてみたかった。ゆっくり、やさしく、だけがセックスのマナーでないことを、京太郎はもう知っている。

紗月の両脚をあらためてM字に開ききり、その中心に舌を伸ばしていく。彼女は剛毛だが、クリトリスの位置はしっかり把握できている。

「あううっ！」

まだ舐めていないのに、紗月は鋭い声を放った。この宿に来てから伸ばしっぱなしの無精髭《ぶしょうひげ》が、敏感な肉芽を撫でたのだ。髭がセックスの小道具になることを、京太郎は初めて知った。

「くっ、くぅうううーっ！」

クリトリスをしたたかに吸ってやると、紗月は京太郎の股の下で声をあげた。京太郎は獰猛《どうもう》な蛸のように唇を尖らせ、チューチューと音をたてて吸いたてた。紗月が身をよじる。M字に開いている両脚をジタバタと動かす。

「むむっ！」

勃起しきったペニスが生温かい口内粘膜でぴったりと包まれた。いままで防戦一方だった紗月が、咥えてきたのだ。うぐうぐと鼻奥で悶えながら、男の器官をしゃぶってくる。彼女のフェラチオは格別である。しかし、いまばかりはそれに淫したくなかった。彼女に翻弄されるのではなく、彼女を翻弄してやりたい。別れを示唆した罰である。

「うんぐううーっ！」

紗月が鼻奥で悲鳴をあげた。京太郎が腰を使いはじめたからだった。太々と勃起した肉棒を口唇深く埋めこんでから、腰を引いた。ずるずるとペニスが抜けていく心地いい感触を味わいつつ、また喉奥深くまで押しこんでいく。スローピッチながら、ピストン運動のような動きで紗月を責める。

あの美しい瓜実顔を犯していると思うと、少し溜飲がさがった。喉奥までペニスを押しこまれるのは苦しいだろうが、京太郎はなにも、紗月に苦しい思いだけをさせたいわけではない。

右手の中指を濡れた肉穴に入れていく。Ｇスポットをぐいっと押しあげつつ、再び蛸のように尖らせた唇でクリトリスを吸ってやる。もちろん、腰も動いている。紗月の顔を犯しつづけている。

「ぅんぐっ！　ぅんぐうううーっ！　ぅんぐうううーっ！」

紗月がペチペチと尻を叩いてきた。苦しいようだが、許してやるつもりはない。濡れた肉穴に埋めこんでいる指を、二本にした。人差し指と中指で、びっしりと肉ひだの詰まった穴の中を思いきり搔《か》き混ぜてやる。

「ぅんぐううーっ！　ぅんぐうううーっ！」

紗月は鼻奥で悶え泣きながらも、ガクガクと腰を震わせた。感じているのは間違いなかった。

『いま終わっても、いいと思ってる』

耳底に、紗月の台詞がこびりついて離れない。もちろん、いま終わっていいはずがない。人生を棒に振る覚悟で挑んだ駆け落ちなのに、たった一週間で終わらせるわけにはいかない。一カ月でも一年でもダメだ。永遠に彼女を愛しつづけたいから、京太郎は一緒に逃げたのだ。

かくなるうえは……。

この体を、快楽でがんじがらめにするしかなかった。彼女は感じやすい。そして好き者だ。ならばいままでよりもっと強烈な、異次元の快楽を与えてやれば、別れることなんて考えられなくなるのではないだろうか？

「うんっ、ぅんぐうううーっ！」

二本指がGスポットをとらえた。二本とも鉤状に折り曲げて、ざらついた凹みをぐりぐりと刺激してやる。そうしつつクリトリスを吸ってやれば、紗月は口唇をペニスでえぐられながら、鼻奥で悶え泣くばかりになる。

指の動きも唇での吸引も、ゆっくりでもやさしくでもなかった。だが女は——少なくとも紗月は、時に苦しかったり痛かったりするほどの愛撫をされたほうが、感じるのである。一週間にもわたり、毎日毎日朝から夜中までセックスしていれば、それくらいのことはわかった。

「ぅんぐぅぅぅーっ！　ぅんぐぅぅぅぅぅーっ！」

体の下で、紗月がビクンッ、ビクンッと跳ねた。絶頂に達したようだった。意外なほどあっさりイッた。

やはり、と京太郎は確信した。口唇にピストン運動を送りこまれる苦しさが、紗月の感度をあげたのだ。どういうメカニズムかはわからないし、やりすぎてしまってはまずいだろうけど、女の体にはそういうところがあるらしい。

腰をあげ、唾液まみれのペニスを紗月の口唇から引き抜いた。淫らなOの字に開いた口を閉じることもできないで、紗月は息だけをはずませている。眼の焦点が合っておらず、完全なる放心状態だった。

3

休ませるつもりはなかった。

京太郎は紗月の帯をといて全裸にすると、四つん這いにうながした。彼女はまだ呼吸が整っていなかったし、放心状態からも抜けだせていなかった。それでも京太郎は勃起しきったペニスで、紗月を後ろから貫いた。ずぶっ、と亀頭を埋めこむと、

「あああああっ……」

紗月はせつなげな声をもらして身震いした。京太郎は濡れた肉ひだを押しのけるようにしてずぶずぶと入っていき、ずんっ、と最奥を突きあげた。

「はっ、はぁううううーっ！」

紗月は腰を反らせて獣じみた悲鳴を放った。顔が見えなくても、彼女は色っぽかった。柳腰というのだろうか？　過剰に女らしい細い腰に、脂がのって透明感のある背中。小ぶりだが丸い尻もセクシーで、パンパンッ、パンパンッ、と音をたててピストン運動を送りこめば、淫らなまでにあえぎにあえぐ。四つん這いの体勢と相俟《あいま》って、ふたりで一対の獣になることができる。

「ああっ、いやっ……いやいやいやっ……」

紗月は早くも最初のオルガスムスに達しそうだった。

「イッ、イキそうっ……もうイッちゃいそうっ……」

「我慢してくださいよ」

「でっ、できないっ……我慢できないっ……」

「我慢してくださいっ！」

パチーンッ、と京太郎は紗月の尻を叩いた。

「ひいいっ！」

紗月が悲鳴をあげる。だがそれは、痛みに反応した悲鳴ではなく、声音《こわね》にいやらしさが染みこんでいた。

スパンキングプレイをしたのは、初めてではなかった。まだ東京にいたころ、紗月に乞《こ》われて一度やったことがある。だが、女の尻を叩くなんて、と京太郎はまるで乗れなかった。女の体は愛《め》でるものであって痛めつけるものではないと、頑《かたく》なに思っていたからだった。

しかし、いまは叩きたかった。いま終わってもいいだなんて、悲しい台詞を口にした彼女が許せなかった。尻を叩いてほしいならいくらだって叩いてやるから、この愛を永遠のものにしてやりたい。

パチーンッ！　パチーンッ！　と続けざまに尻を叩いた。

「はうっ！　はあーんっ……」

紗月はひいひいと喉を絞ってよがり泣いた。

スパンキングプレイの極意はおそらく、叩くときに音は大きく鳴らしても女体にダメージを与えないことだろう。だが、慣れない京太郎は力の加減ができなかった。自分の手まで痛くなるような叩き方をしていたら、白く丸いふたつの尻丘が、みるみるピンク色に染まっていった。

「ああっ、いやっ！　ああああっ、いやあああーっ！」

パチーンッ、パチーンッ、と尻を叩くほどに、紗月のボルテージがあがっていくせいもあった。よがっているから叩くのだ。声量がいつもの倍以上になり、本当に獣が吠えているようだった。

「イッ、イクッ……もうイッちゃう……イクイクイクッ……はぁああああーっ！　はぁあああああーっ！」

ビクンッ、ビクンッ、と腰を跳ねあげ、ピンク色に染まった尻をぶるぶると震わせる。喜悦を噛みしめるように、寝乱れたシーツをぎゅっと握りしめている両手が卑猥すぎて視線を奪われる。

「……あふっ」

イキきると膝を立てていられなくなったらしく、うつ伏せに倒れた。京太郎はペニスを抜かなかった。まっすぐに伸ばした紗月の両脚をまたぐようにして、結合状態をキープした。寝バックの体勢である。

「くっ……くぅうううーっ！」

紗月は全身を硬直させ、小刻みに震えている。こちらを向けた横顔も、ひどく苦しげに歪んでいる。

京太郎はまだ動いていなかった。しかし、深く埋まったペニスの先端が、子宮に届いているのだ。ただ亀頭と子宮が触れているだけで、紗月は気持ちがいいらしい。しかもいまは絶頂に達したばかり。体が敏感になっているときだ。

深く埋めたままぐっと押しこみ、亀頭で子宮をこすってやると、

「ダッ、ダメッ……ダメダメダメッ……」

紗月は横顔を真っ赤に染めあげ、身をよじりはじめた。彼女が動いても、中で亀頭と子宮がこすれあう。ダメと口走りつつも、体は刺激を求めている。連続絶頂を味わいたくてしかたがないらしい。

だが、京太郎は焦らした。紗月がイキそうになったらすっと腰を引き、亀頭と子宮を離してしまう。紗月に振り返って咎める余裕はない。そもそもイッたばかりだから、呼吸を整えるのに精いっぱいだ。

もちろん、呼吸なんて整えさせない。再びぐっと腰を前に送りだし、肉穴の最深部

に埋まっている子宮を亀頭でこすりたてる。子宮はコリコリしているから、京太郎のほうも気持ちがいい。

「あああっ……はぁあああーっ！」

紗月が激しく身をよじる。うつ伏せで男にまたがられている不自由な体勢にもかかわらず、必死にもがいて少しでも強い快感を得ようとする。

可愛かった。

七つも年上の三十五歳でも、そういう紗月は可愛くてしかたがない。

となると、男としてはご褒美を与えてやらなければならなかった。横顔を真っ赤にしてあえいでいる紗月の肩を、京太郎はガブリと嚙んだ。

「あぁうううーっ！」

紗月が鋭い悲鳴をあげる。それもまた、痛みに反応した悲鳴ではなく、いやらしさにまみれた悲鳴だった。

京太郎が女の体を嚙んだのは初めてだった。しかし、紗月は快楽の中に痛みのスパイスを求める女だし、京太郎自身もそういう感覚を理解していた。この宿に来てから似たような経験をしたのである。

正常位でセックスしているとき、紗月が背中に爪を立てた。ミミズ腫れになるほど引っ掻いてきた。絶頂に次ぐ絶頂で半狂乱になっているときだから、無意識にやったに違いないが、やられた京太郎は気持ちよかった。痛いという感覚はなく、痛烈な刺激がペニスを芯から硬くしたのである。

ならば、紗月も同じではないかと思った。彼女にもあの感覚を味わってもらいたかったし、目論見は的中したようだった。

「あああっ、いいっ！　かっ、嚙んでっ！　もっと嚙んでっ！」

ぶるぶるっ、ぶるぶるっ、と身震いしながら紗月は叫んだ。

「いっ、痛くないからっ！　気持ちいいからっ！　かっ、嚙んでっ！　血が出るくらい思いきり嚙んでえええーっ！　ああああああーっ！」

肩を嚙みながら子宮をぐりぐりと亀頭でこすってやると、

「イクイクイクイクッ！　はっ、はぁうううううううーっ！」

紗月はぎゅっと眼をつぶって絶頂に達した。両手はシーツを握りしめていた。京太郎はその上から、彼女の両手を握ってやった。激しく身をよじっている女体に体重を預けるようにして、さらに子宮をこすりつける。

「ダッ、ダメッ……ダメダメダメッ……いまイッたからっ……もうイッてるからあああーっ！」

京太郎は紗月の体を押しつぶしながら、しつこく子宮をこすりつづけた。彼女自身が言っていたのだ。続けてイクのは苦しいが、イケばイクほど絶頂感は高まっていくものだと……。

「ダッ、ダメッ！　ダメだってばっ！　あああっ……ダメなのにイッちゃうっ……まっ、またイクッ……イクイクイクイクーッ！」

連続絶頂に達した紗月が最後までイキきると、京太郎は腰を引いた。寝バック子宮責めは何度でも続けてイカせることができるうえ、こちらのスタミナも温存できるから、大好きな体位のひとつになった。

ペニスをすっかり抜いてしまうと、

「あああっ……あああああっ……」

紗月は乱れた髪を直しもせずに四つん這いになり、自分の漏らした蜜でネトネトになってるペニスを口唇で咥えてきた。

「ぅんんっ！　ぅんんっ！」

まだ呼吸も整っていないのに、激しいばかりのバキュームフェラで吸いしゃぶってくる。双頬をべっこりへこませたいやらしすぎる顔で吸いたてては、口から出しては亀頭をペロペロと舐めまわす。

「こっ、今度はわたしの番だからね……」

上眼遣いで挑むように睨んできた紗月の顔には、連続絶頂の余韻が生々しく残っていた。この世のものとは思えないほどいやらしかった。

4

今度は自分の番だと宣言した紗月は、ひとしきりペニスをしゃぶりまわすと、京太郎の上にまたがってきた。京太郎は布団の上に座っていた。対面座位である。

紗月は寝バックで三連続絶頂に導かれたのがよほど悔しいのか、

「イカせてあげるからね……」

挿入前にそうささやいた。

「中で出しますよ」

「ふふっ」

もちろん、という顔で紗月は微笑んだ。京太郎と肉体関係ができてから、彼女は避妊用のピルを飲むようになっていた。

「んんんっ……」

紗月がペニスに手を添え、性器と性器の角度を合わせる。そうしつつも、京太郎の顔から眼を離さない。

紗月を見つめ返す京太郎の顔は自信に満ちあふれたものになっていただろう。セックスは勝ち負けではないけれど、ベッドでの手練手管《てれんてくだ》を教えてくれた紗月を、三連続絶頂させることができて大満足だった。それも、彼女に教わった技ばかりではなく、スパンキングや噛みつきなど、オリジナルな責めを使ってだから、自信をもたないほうが難しい。

「んんんっ！」

紗月が腰を落としてくる。女の割れ目に亀頭がずぶっと埋まり、そのまま最奥まで呑みこまれていく。

なにしろ三回もイッたあとだから、肉穴はよく濡れていた。濡れすぎているくらいだったが、それでもなお締めつけられる感じがする。

「ああぁっ……」

紗月が結合感を噛みしめるように声をもらした。いきなり動いてくると思った。上になったときの彼女の腰使いはいやらしすぎるほどだった。本人も気持ちよさそうなので絶対に腰を振ってくると思ったが、予想ははずれた。

「ぐぐっ！」

白く細い指先で京太郎の乳首をくすぐってきた。男の乳首が性感帯だなんて思っていなかったが、結合状態で刺激されると、ペニスが硬くなるような感覚がある。背中を引っ掻かれるのと似たような現象だ。

「おおうっ！」

ひねりあげられると、声が出てしまった。結合はしていても動けない状況が、苦しくてしかたがない。紗月に動いてほしい。いやらしすぎる腰使いで翻弄してほしい。それをうながす方法を、京太郎はひとつだけ知っていた。

「ああんっ！」

双乳を裾野からすくいあげ、やわやわと揉みしだいた。ふくらみを尖った状態にして、片側の乳首に吸いついた。まずはざらついた舌腹で舐め転がしながら、もう片方の乳首を指でつまむ。爪を使ってくすぐってやる。乳繰りあいである。

「あああっ……ああんっ！」

紗月が身をよじる。彼女の乳首は特別に敏感だ。舐めたり吸ったりされるのも好きだが、硬い爪を使っていじりまわしたり、甘嚙みをされると気持ちいいらしい。やはり、快楽の中に痛みのスパイスを求める女なのだ。

京太郎は強い吸引力でチューッと吸いたてて限界まで突起させてから、歯を立てて甘嚙みしてやった。

「ああっ、いやっ！」

紗月が激しく身をよじれる。そうすると必然的に、性器と性器がこすれあう。腰を使うのを我慢できなくなる。

「あああっ！」

紗月はきゅうと眉根を寄せて腰を振りはじめた。M字に開いている両脚の中心を、こすりつけるような動きだ。クイッ、クイッ、と腰を振りたてれば、性器と性器がしたたかにこすれあう。ずちゅっ、ぐちゅっ、と淫らな肉ずれ音がたちはじめ、発情の匂いもたちこめてくる。

紗月は腰を振りはじめた瞬間、男の乳首から手を離したが、京太郎はまだ、彼女の乳首をつまんでいた。吸うのはやめていたが、ルビーのように赤い左右の突起を両手で刺激していた。

やり方は、こうだ。人差し指と中指で乳首を挟み、親指の爪を使ってコチョコチョとくすぐる。紗月に教わったやり方だった。自分で教えてくるくらいだから、結合中にそれをすると、彼女は乱れに乱れていく。

「ああっ、いいっ！　いいいいいーっ！」

京太郎の首根っこにしがみつき、ぐいぐいと腰を振りたててくる。ずちゅぐちゅっ、ずちゅぐちゅっ、と肉ずれ音が大きくなっていく。子宮と亀頭がしたたかにこすれあっている。

「あたってるっ！　いいところにあたってるっ！」

首根っこにしがみついているのに上半身を密着させず、京太郎が乳首を刺激するスペースを確保しているのが、人妻らしいいやらしさだ。

「あぁっ、ひねってて っ！　ちぎれるくらいにひねってて っ！」

紗月が叫んだので、京太郎は乳首をひねった。さすがにちぎれるくらいにはしなかったが、絶対痛いだろうというところまで……。

「あああぁーっ！　はぁああああぁーっ！」

紗月は髪を振り乱してよがり泣き、

「イッ、イクッ！　イクイクイクイクイクイクイクーッ！」

ガクガクと腰を動かして、絶頂に達した。イカせてあげると宣言したにもかかわらず、京太郎より先に果てた。

イキきった紗月がぐったりすると、京太郎は彼女をあお向けに倒した。正常位の体勢だったが、普通にするつもりはなかった。

紗月の両脚をあらためてM字に割りひろげると、しばし眼福《がんぷく》を楽しんだ。カリのくびれまでいったん抜いて、また入っていく。女の蜜をまとってヌラヌラと輝いている肉の棒が、自分の体の一部とは思えないほど卑猥である。

「あぁあっ……はぁああぁっ……」

紗月があえぎだしたのは、スローなピストン運動に反応してのことではない。それも少しはあるだろうが、彼女は結合部を見られるのが好きなのだ。熱い視線を注ぎこみ、ジロジロ見るほど興奮する。

いてる」

「僕のチンポが出たり入ったりしてるの、丸見え……黒いびらびらがチンポに吸いつ

「言わないでっ！」

紗月は泣きそうな顔で返してくるが、もちろん興奮している。

「黒いびらびらって言わないでっ……恥ずかしいっ……」

「興奮してるくせに」

京太郎は嬉しくてしようがなかった。ふたりの関係は紗月の強引な誘惑に始まり、その熱狂的なセックスに嵌まってしまった京太郎は、彼女によってベッドテクを磨かれた。最初は翻弄されてばかりだったし、女教師と男子生徒のようですらあったが、ここへきてようやくイニシアチブを握ることができた。

「ああっ、突いてっ！　早く突いてっ！」

紗月が焦れた顔で身をよじったので、魅惑の柳腰を両手でつかみ、ヒップを浮かせた。京太郎は上半身を起こしたままだ。

正常位の体勢で、これがいちばん深く突けるやり方だった。奥が感じる紗月に、うってつけの体位である。

「はっ、はぁうううううううーっ！」

いきなり連打を浴びせると、紗月は喉を突きだしてのけぞった。遠慮がちにふくらんだ左右の乳房が揺れはずむほど、怒濤の連打を送りこんでやる。

「ああっ、いいっ！　すごいいいいいーっ！」

紗月はあっという間に快楽の暴雨風に巻きこまれ、半狂乱になった。旅館中に聞こえるのではないかと心配になるほど大きな声をあげてあえぎにあえいだが、彼女の本領はここからだった。

下になっているのに、ぐいぐいと腰を使ってきた。股間をこすりつけるように前後に動かした。ずんずんずんずんっ、と京太郎が深く突けば、紗月が腰をグラインドさせる。まるで餅《もち》つきのつき手と返し手のように、呼吸はぴったり合っている。

「ああっ、いいっ！　気持ちいいっ！　気持ちよすぎるーっ！」

紗月も気持ちいいだろうが、京太郎も夢中にならずにいられなかった。深く突くのも気持ちがいいが、彼女の腰使いには悪魔的な快楽が潜んでいる。突きあげるリズムが時折乱されるのだが、それがたまらなく気持ちいい。

京太郎は息継ぎもせずに腰を動かしつづけた。正常位の体勢でいちばん深く突ける体位は、体力の消耗も激しい。心臓が悲鳴をあげていたが、それでもピッチを落とす気にはなれない。

全身が燃えていた。額から噴きだした汗が眼の中に流れこんできたが、かまっていられなかった。ずんずんずんっ、と突きあげれば、紗月が腰をグラインドさせて、子宮と亀頭をこすりあわせる。痛烈な快楽が性器と性器を結びつけ、すさまじい一体感がこみあげてくる。

「ああっ、イクッ！　またイッちゃううう一っ！　イクイクイクッ……はっ、はぁおおおおおーっ！」

獣じみた声をあげて、紗月が絶頂に達した。それでも、京太郎は突きあげつづける。今度は意地悪がしたいわけではない。射精が近づいているからだ。

「でっ、出るっ！　もう出るっ！」

「ああっ、出してっ！　中で出してえええーっ！」

紗月がイキながら絶叫する。ぶるぶるっ、ぶるぶるっ、と彼女の体は小刻みな痙攣がとまらない。

「出るっ……もう出るっ……」

京太郎は最後の力を振り絞って、渾身のストロークを叩きこんだ。

「おおおおっ……うおおおおおおおーっ！」

雄叫びをあげながら最後の一打を打ちこむと、ペニスの芯に灼熱が走り抜けていった。ドクンッ、ドクンッ、と男の精を吐きだしながら、京太郎はしつこく腰を動かした。

　まだ終わりたくなかった。一滴でも多く紗月の中に男の精を注ぎこみたかった。ドクンッ、ドクンッ、とペニスが震えるたびに、紗月は淫らに歪んだ声をあげて身をよじる。淫らな汗にまみれた体をのたうちまわらせ、女に生まれてきた悦びをむさぼり抜いている。

　いい女だな、と思った。

　七つも年上の人に対して使う言葉ではないかもしれないが、そうとしか言い様がなかった。

　オルガスムスにのたうちまわっている紗月はさながらエロスの化身であり、男をどこまでも挑発してくる。射精はもう終わりに近づいているのに、終わることを許してくれない。

「紗月さんっ！　紗月さんっ！」

　気がつけば、京太郎は熱い涙を流していた。紗月も泣いている。お互いに泣きじゃくりながら腰を振りあい、性器と性器をこすりあわせている。

5

カーテンの隙間から朝陽が差しこんでいた。

いつものことだが、夜の終わりが記憶にない。欲情と酒の酔いが意識を混沌とさせ、いつだってこんなふうに、眼を覚ましても全裸だった。

隣で寝ている紗月もそうだ。お腹には布団をかけていたが、乳房から上と、陰毛から下は剝きだしだった。肩にはゆうべ嚙んだあとがまだついていた。うつ伏せにして尻を見れば、そこにもスパンキングの赤い痕《あと》が残っていることだろう。

すべてが愛おしかった。

セックスのときはあれほど大胆な紗月なのに、妙に寝相がよかった。それがなんだかおかしくて、悪戯がしたくなった。ようやく荒淫から解放され、静かな眠りについている乳首を、軽くつまんでやる。

「んんっ……」

夢から覚めたようだが、まだ眼を開かない。京太郎は乳首を口に含み、やさしく吸った。

「あっ……んんっ……」

紗月は色っぽい声を出し、ようやく薄眼を開けた。乳首を吸っている京太郎の頭を撫で、眉根を寄せていく。

いやらしい女だった。悪戯のつもりが、そんな顔をされては悪戯にならなくなる。京太郎は乳首から口を離し、紗月にキスをした。お互いに、いきなり舌を出してからめあう。親愛の情を示す、おはようのキスにはならない。音をたてて舌をしゃぶりあえば、それはもうセックスの前戯だった。

「ぅんんっ……ぅんんんっ……」

京太郎はキスをしながら、やわやわと乳房を揉んだ。それはもう、悪戯ではなかった。その証拠に、勃起していた。朝勃《あさだ》ちではなく、紗月に欲情していた。彼女とひとつになりたかった。

しかし……。

ドンドンドン、と扉を叩く音がして、愛撫を中断しなければならなかった。朝食が届いたらしい。それにしては乱暴なノックだったし、いつもより早い気がしたが、スマホで時間を確認するのも面倒くさかった。

「……わたし、出るね」

紗月が気まずげに言って、浴衣を着た。京太郎は全裸のままだった。朝食なんてどうだってよかった。紗月と愛しあいたかった。ご飯や味噌汁が冷めてしまっても、食べる前に続きがしたい。

紗月が扉を開けた。部屋は狭い四畳半だから、食事をするためには布団を畳んでテーブルを出さなければならなかったが、京太郎は動かなかった。続きがしたいという意思表示だ。

「えっ……」

浴衣姿の紗月を押しのけて、男がひとり、部屋に入ってきた。宿の人ではなかった。京太郎は凍りついたように固まった。

「オッ、オーナー……」

紗月の夫だった。彼がなぜ、突然こんなところに姿を現したのか、京太郎にはわからなかった。心あたりはなにもない。

だが、そんなことより重要な問題がある。京太郎が全裸で寝そべり、勃起していた。紗月とセックスの最中であることは隠しようもなく、驚愕のあまりイチモツを隠すことさえできなかった。

殺される、と思った。オーナーは底意地の悪い性格をしているが、暴力をふるうタイプには見えない。紗月に対するＤＶも彼女の嘘だった。しかし、妻を寝取られた現場を目《ま》の当たりにすれば、どんなおとなしい人間だって、自分のキャラなど忘れて逆上するのではないだろうか？

しかし、オーナーの表情は、逆上しているようには見えなかった。京太郎に向けられているまなざしには、憐れみだけが浮かんでいた。

「服を着なさい」

顔をそむけてボソッと言われ、京太郎はあわてて浴衣を羽織った。先ほどまでカチンカチンになっていたペニスはすでに萎えていた。

すいませんでした、という言葉が喉元までこみあげてくる。だが、謝ったら負けだという気もする。謝るくらいなら、駆け落ちなんてしない。そんな生半可な気持ちで、紗月と一緒に逃げたわけではない。

「すまなかったな」

オーナーが逆に謝ってきたので、京太郎はわけがわからなくなった。

「こいつの浮気は病気みたいなものなんだ。決まってコンビニのバイトに手を出す。一度や二度じゃない。駆け落ちだけでも今度で三度目……」

ふーっ、と深い溜息をつく。

「でも、発作がおさまると俺のところに帰りたくなるのさ。俺がこの場所がわかったのは、こいつから連絡があったからだ。そうでなけりゃあ、こんな辺鄙なところにある温泉宿、わかるわけないだろ？」

京太郎は紗月を見た。眼を合わせてくれない。否定の言葉を吐く気配もない。

「うっ、嘘ですよね、紗月さん……」

震える声で言った。

「つまりその……僕はもてあそばれただけなんですか？　最初から、ポイ捨てするつもりで駆け落ちしたんですか？　僕は……僕は全部捨ててきたのに！」

紗月は顔をあげなかった。言葉も返してこない。

「嘘ですよね？　嘘って言ってくださいよっ！」

悲鳴にも似た京太郎の声が、男女の淫臭のこもった四畳半に虚《むな》しく響く。

紗月は無反応を貫いていたが、

「帰る支度をしろ」

オーナーに言われると、立ちあがって京太郎に背中を向けた。そそくさと浴衣を脱いで下着を着け、服を着た。

信じられなかった。

これがつい先ほどまで、恍惚を分かちあっていた女の態度だろうか？

「まあ、犬にでも嚙まれたと思って忘れてくれ。その気になってたのなら悪いが、こいつは本当に病気なんだ……」

オーナーは言い残し、紗月を連れて部屋を出ていった。彼女は結局、最後まで一度たりとも京太郎と眼を合わせることがなかった。

部屋を出ていく前、オーナーは布団の上に封筒を置いていった。中を見ると、一万円札が十枚入っていた。

手切れ金、ということだろうか？　それとも、浮気性の妻を一週間面倒を見ていた手当のようなものか？

「ふざけんな！」

京太郎は封筒を壁に投げつけた。カーテンと窓を開け放つと、紗月とオーナーが肩を並べて歩いていく後ろ姿が見えた。

第四章　港町誘惑ブルース

1

すぐに東京に戻る気にはなれなかった。

雑な書き置きだけを残して家出したので、両親はカンカンに怒っていることだろう。教育的暴力が全否定されている昨今でも、柔道五段の父親は平気で暴力をふるう。柔道の稽古という名目で道場に連れていかれ、立ちあがれなくなるまで投げられたり、絞め技で失神させられるのだ。

それよりなにより、失恋のダメージから回復しなければならなかった。現在のメンタル状況では、とてもじゃないが就職活動なんてできそうもない。就職活動ができないのに、東京に戻っても意味がない。

紗月は本当にひどい女だった。

彼女にとって、この駆け落ちは一種のゲームのようなものだったのだろう。不安げな素振りをいっさい見せなかったから胆《きも》の座った女だと思っていたが、最初から短期間で家に帰るつもりだったなら不安になんてなるはずがない。京太郎ひとりだけが、熱烈に愛しあっていると思いこんでいた。あれが全部嘘だったなんて人間不信に陥《おちい》りそうである。

紗月は本当にひどい女だったが、本当に好きだった。

この気持ち、いったいどうしたら癒《い》やすことができるのだろう？

来るときはふたりで歩いてきた山道を、今度はひとりで戻った。青カンをした渓流に通りかかると、涙が滲《にじ》んで前が見えなくなった。泣きながら山道を歩いた。

バス停に着くと、ちょうどバスが来たところだった。といっても、来たときと同じ方向のバスだった。京太郎は迷わず乗りこんだ。伊豆箱根登山鉄道の駅に戻れなくなってしまうが、もうどうだってよかった。

海が見たかった。

傷心を癒やしてくれるところがあるとすれば、海に決まっている。

幸いというべきか、ここは伊豆半島の真ん中だ。一日中バスに乗っていれば、そのうち海が見えてくるだろう。

辿りついたのは小さな漁師町だった。

ひなびている、という意味では山の中の温泉宿に負けず劣らずだったが、やはり海はいい。白い漁船の浮かんだ漁港の景色はロマンチックでもなんでもなかったけれど、傷ついた心に染みた。船をロープで繋ぎとめておくビットに腰をおろし、ぼんやりと眺めていた。気づいたら一時間近く経っていたのでびっくりした。

港の近くに宿を見つけた。

奇《く》しくも一泊五千円だった。山の中の温泉宿と同じ値段だが、こちらは素泊まりだった。多少割高ということになるが、町には食堂や喫茶店や居酒屋があったし、通された二階の部屋からは港が見えたので、京太郎としては満足だった。

翌日から毎日釣りをした。

釣りなんてやったことがなかったが、宿の玄関に釣り竿《ざお》が何本も置かれており、レンタルできるかどうか訊いてみたところ、タダで貸してくれた。親切な宿の人は、餌まで無料でくれたので助かった。

港から少し離れた岩場で糸を垂らした。釣れなかったが、べつによかった。初夏の空は真っ青に晴れわたり、風も穏やかだった。糸を垂らしている海面は、陽を浴びてキラキラと輝いていた。寄せては返す波を眺めていると、傷ついた心が洗われていくようだった。

「もう就活なんかやめて、漁師にでも弟子入りするか……」

ひとり言を言っては、自嘲の笑みをもらす。四日も五日も糸を垂らして一匹も釣れない自分が、漁師になんてなれるわけがない。

夜になると酒を飲みにいった。

東京にいるときは毎日飲むような習慣はなかったが、紗月のおかげで飲まなければ眠れなくなった。酒豪の彼女は朝から晩まで飲んでいたし、京太郎もそれに付き合っていた。おかげで体がアルコールを欲するようになってしまったし、彼女のことを考えると酒でも飲まなければやってられなかった。

それに、その町には夕食をとるところが居酒屋しかなかった。喫茶店や食堂は朝早くから営業しているが、夕方に閉まってしまう。他に適当な店もない。全国チェーンの牛丼屋やファミリーレストランなんてないし、コンビニもなければスーパーもなく、買物はクルマで行くしかないらしい。

必然的に、夜は居酒屋に行くことになる。町に一軒だけあるその店は、〈磯《いそ》の酒場〉という名前で漁師の溜まり場だった。漁師は顔が真っ黒に日焼けしているのですぐにわかる。

漁師なんて荒くれ者ばかりで、酒を飲んだら暴れだすのではないかと最初は心配していたが、年配客ばかりのせいか、みんな穏やかに飲んでいた。無口な人が多かった。

誰もが思い出に浸りながら飲んでいる雰囲気、とでも言えばいいだろうか。

ただし、だからといって店内は静かではなかった。

店をひとりで切り盛りしている女将《おかみ》の威勢がいいからだ。声が大きく、ずっとひとりでしゃべっている。

「あんたどっから来たの？　東京？　へええ、大都会からわざわざなんでこんな辺鄙なところに？　海水浴にはまだ早いし、釣りでもないだろ？　魚が逃げていく顔してるもんね」

そんな感じでしゃべり方はガサツなのだが、眼のくりくりした可愛い顔をしている。長い黒髪をポニーテイルにまとめてねじり鉢巻きをきりりと巻き、黒いダボシャツ姿で腕をふるう姿はひどく凛々《りり》しい。そして料理が抜群にうまい。刺身でも煮魚でも焼き魚でも、ここよりおいしい魚料理を食べたことがないくらいだ。

女将の名前は入江奈美《いりえなみ》。

年はぴったり三十歳らしいから、京太郎のふたつ年上だ。

ガラガラッ、と引き戸を開ける音がした。

「奈美ちゃーん、五人大丈夫？」

ひとり客が多い店なのだが、団体客が来ることもある。

「奥の小上がり、空いてるよー」

奈美が答えると、漁師らしき風貌の男たちがドヤドヤと入ってきた。小上がりに行くためには、京太郎の座っているカウンター席の後ろを通っていかなければならない。男たちは京太郎越しにカウンターの中の奈美に声をかけてから、小上がりに向かった。

「とりあえず刺し盛り五人前」

「俺、キンキの煮付け」

「真《ま》アジのなめろう」

「刺身はカワハギ入れてね」

「ボトルキープはあったよなあ？」

「もうっ！」

奈美がキレた。

「そんないっぺんに言われたって覚えらんないよ。こっちはひとりでやってんだからさっ！」

ドンッ、とカウンターにアイスペールとピッチャーが置かれる。眼を吊りあげた奈美が、睨むように京太郎を見る。

「あんた、これ小上がりに持っていって」

「はいはい……」

京太郎は苦笑まじりに立ちあがった。ここは客を顎で使う恐ろしい店だった。最初に来たときからそうだったので、もはや驚きはない。配膳を手伝わされるのはまだいいほうで、皿洗いをやらされているお爺ちゃんの客もいた。

それでも、誰も文句は言わない。お爺ちゃんもニコニコしながら皿を洗っていた。それが奈美の人徳ゆえなのか、彼女に嫌われたら町で飲める店がなくなってしまうからか、わからないが……。

「はい！　次はグラスとキープボトル。あとこれ書いて持ってこさせて」

注文伝票まで渡してくる人使いの荒さだったが、京太郎は笑顔でうなずいた。あまりにも堂々と客を使うので、怒るより先に笑ってしまいそうになる。おそらく、偽物ではない本物の愛嬌《あいきょう》がある、ということなのだろう。

こういう人って、どういう男を好きになるのかな……。

配膳を手伝いながら、京太郎はぼんやりと考えた。奈美は結婚しているらしいが、相手の男がイメージできなかった。地元の男と結婚したなら、やはり漁師なのだろうか？

奈美は可愛い顔をしているだけではなく、ダボシャツを着ていてもはっきりわかるほどの巨乳だった。全体的にもグラマーで、男好きするスタイルをしている。おまけに料理もうまいとなれば、女子力はかなり高いと言っていいだろう。

しかし、性格的にはどうなのか？　並みの男では太刀打ちできないだろうし、浮気なんてした日には、出刃包丁が飛んできそうである。

となると、腕っ節の強い男だろうか？

この町に来てわかったことのひとつに、漁師はべつに荒くれ者ばかりではないということがある。漁師にもいろいろいるのだろうか？　あるいは漁師以外で腕っ節の強い男なのか……。

2

漁港町に来て二週間が過ぎた。

そんなに長くいるつもりはなかったが、居心地がいいのだろう。

宿は素泊まり五千円と安く、外食費だって東京に比べれば段違いに格安だった。祖父の形見のロレックスを売ってつくった五十万円もまだ半分以上残っているし、紗月の夫が置いていった十万円もある。

まだまだ長逗留できそうだったが、いい大人が働きもしないで毎日釣りばかりしているというのも、ちょっと情けない気がした。〈磯の酒場〉の常連客に「魚市場でアルバイトを探している」という話を聞いたばかりだったので、そういうのも悪くないかもしれないと思いはじめた。

そんなある日のこと。

〈磯の酒場〉は月曜日が定休なので、月曜日は夜の時間をもてあます。なにより夕食をとるところがなくなってしまうので、バスの本数が多い昼間のうちにコンビニまで買物に行かなければならない。

奈美の料理が恋しかったが、我慢してコンビニ弁当だ。それをつまみに酒を飲もうと、焼酎のボトルも一本。

宿の窓を開け放ち、潮風《しおかぜ》に吹かれながら飲む焼酎は、しみじみうまかった。紗月によって痛めつけられた心も、なんとなく回復してきた実感がある。

夕陽に赤く染まった漁港を眺めながら、ぐびりと焼酎を飲む。白い漁船が一隻、港に帰ってきた。この町はいい。海辺の景色は心を癒やしてくれるし、住んでいる人たちがみなやさしい。余所者《よそもの》である京太郎が居酒屋で飲んでいても、気さくに対応してくれる。無口な人が多いので、楽しくおしゃべりするわけではないのだが、除け者扱いされないだけでありがたい。奈美が顎で使ってくるのだって、余所者でも分け隔てなく接する心があるからなのだ。

日が暮れてしまっても、焼酎がうますぎて飲みすぎた。

時刻は午後九時を過ぎたところ。寝てしまってもよかったが、今夜の酔いは眠気をうながさないようだった。逆に眼が覚めてしまって眠れそうもない。

散歩に出ることにした。

東京の歓楽街ならまだ宵の口だろうが、静まり返った町には波の音だけが響き渡り、外灯の少ない道は暗かった。そんなところを散歩していても転びそうになるだけなので、早々に宿に帰ろうとしたが、漁港で足がとまった。

ビットに座っている人影が見えたからだ。

女のようだった。背中が震えている。ただならぬ様子に気配を消して近づいていくと、奈美だった。真っ暗い夜の海を眺めながら、声を殺して泣いていた。

一瞬、別人かと思った。

客を顎で使う威勢のいい女将に、涙は似合わない。だが、どう見ても奈美だった。長い黒髪をおろしていたし、ダボシャツではなくパーカーを着ていたが、間違いなく彼女だ。

どうしたものか、京太郎はしばし考えた。

泣いている女の後ろを素通りしていくほど、自分は冷たい人間ではないつもりだった。悲しい出来事があったなら、話を聞いてやることくらいはできる。悩み事は人に話せばすっきりするところがあるし、人間関係のない余所者の自分なら、かえって好都合ではないだろうか？

だが……。

奈美に向かって一歩足を踏みだそうとすると、肩をつかまれた。前に進むのをとめられた、と言ったほうが正確かもしれない。

振り返ると、真っ黒い顔をしたガタイのいい男が背中を丸めて立っていた。〈磯の酒場〉の常連客で、「源《げん》さん」と呼ばれている人だった。職業は漁師。

源さんは京太郎を見て、静かに首を横に振った。奈美のことは放っておけ、と言いたいようだった。

京太郎は源さんに連れられて、彼の自宅に行った。

港の前の道から路地に入ったところにある、平屋建ての家だった。塩害によるものなのか、壁の塗装があちこち剝《は》げていた。ずいぶんと年季の入った家で、玄関にはプラスチックの箱に入った網やロープ、銛《もり》やタモ縄などが無造作に置かれていて、いかにも漁師の家という感じがした。

家には他に誰もいなかった。家族がたまたま出かけているだけなのか、正真正銘のひとり暮らしなのかは、わからない。

源さんにうながされ、京太郎は居間の食卓の前に座った。冬になればコタツになるというか、コタツから布団をはずしただけというか、そういう食卓だった。

源さんがグラスに焼酎を注いで渡してくれる。

「すいません、いただきます」

京太郎は恐縮しながら受けとった。なにか話があるようだったが、源さんは無口な男が多い〈磯の酒場〉の客の中でも、群を抜いてしゃべらない男だった。会話が成立するかどうか不安を覚えながら、焼酎をひと口飲んだ。

源さんは簞笥《たんす》の上に置かれた写真スタンドを取ると、食卓の上に置いて京太郎に見せてきた。

集合写真だった。全員がバスケットボールのユニフォームを着ている。高校のバスケ部だろうか？　源さんの息子がバスケをやってる？

「……あっ」

写真の中で、ひとりだけユニフォームを着ていない人物がいた。他は全員男なのに、ひとりだけ女だった。マネージャーだろう。赤いショートパンツに白いTシャツ姿ではじけるような笑顔を浮かべている。ポニーテイルではなくショートカットだったが、顔立ちに見覚えが……。

奈美だった。

高校時代とすればいまから十年以上前ということになるが、しっかりと面影が残っていた。というか、いまとあんまり変わっていない。彼女のことだから、きっととびきり威勢のいいマネージャーだったに違いない。

源さんが、ひとりの選手を指差した。ユニフォームについているのは８番。源さんだった。奈美ほど面影が残っているわけではなかったし、顔も日焼けしていなかったが、言われれば源さんとわかる。わかるのだが……。

「まっ、まさか源さん、奈美さんと同級生なんですか？」

源さんが当然のようにうなずいたので、京太郎は衝撃を受けた。奈美と同級生ということは、今年三十歳。だが、源さんはどう見ても四十代で、五十代と言われてもそれほど違和感を覚えない風貌をしている。

それが、三十歳だったとは驚くしかない。顔が真っ黒に日焼けし、皺《しわ》も深いからかもしれないが、それにしても自分のふたつ上だったとは……。

源さんが、今度は４番の選手を指差した。嫌味なくらいのイケメンだった。こう言っては申し訳ないが、他の選手がいかにも田舎《いなか》の男子高生という感じなのに、ひとりだけアイドルみたいに垢《あか》抜けた容姿をしている。

しかも、バスケ部で４番をつけているということは、キャプテンではないのだろうか？　これだけのイケメンでバスケもうまいとなれば、さぞやモテたに違いない。

京太郎の高校にもいた。バスケ部ではなくてサッカー部だったが、顔が美形でサッカー部のエースだったから、嫉妬するのも馬鹿馬鹿しいほどモテまくっていた。女子高生はその手のタイプに弱いのだ。社会人になったら、スポーツマンが特別モテるわけでもないのに……。

「奈美の夫さ」

源さんが言った。京太郎は彼の声を初めて聞いた気がした。

「高校時代からの彼氏と彼女で、二十歳で結婚した。ただ……やつも漁師だからな。海で命を賭けてるぶん、陸にあがったら羽目をはずす。おまけにモテる男だから、それこそ港々に女あり、という感じでね……」

奈美が泣いていた理由を教えてくれているようだった。夫が浮気ばかりしていれば、なるほど妻は泣くだろう。

源さんの言葉からは、奈美に対する同情とともに、夫に対する諦めのようなものを感じた。高校時代は同じ部活で、いまも同じ漁師となれば、源さんと奈美の夫は親友みたいなものだろう。もっとも近くで見ていた源さんが諦めているとなると、もはや処置なしということか……。

「いい男なんだ。面倒見のいい親分肌でね。だが、女にだけはだらしねえ……どうしようもねえくらいにな……そんな男と結婚した、奈美が不憫《ふびん》でしようがねえって、この町の人間はみんな思ってるよ……でも、これぱっかりはしようがねえんだよな。そういう男を好きになっちまったんだから……」

もしかすると、源さんは奈美のことが好きなのかもしれなかった。たぶん、高校時代から……。

「源さんは、結婚してないんですか？」

京太郎は訊ねてみたが、源さんは力なく笑い、焼酎をグラスに注いでくれただけで、言葉は返してくれなかった。

3

素泊まりの宿に泊まり、夜に食事ができる店が町に一軒しかないとなると、そこに行きそこねると大変なことになる。バス便が多い昼間のうちにコンビニまで行っておけばセーフだが、それもできなかった場合は悲惨である。

ある日、京太郎はそういう危機的状況に陥った。

相変わらず毎日釣りをしているのだが、釣果はゼロのままだったので、もしかすると糸を垂らしている場所が悪いのかもしれないと思い、釣れそうな場所を探してけっこう歩いた。

結果的にやはり釣れなかったから、場所ではなく腕が悪いと反省するしかなかったが、そんなことより、帰り道で迷ってしまった。日が暮れてしまったので、反対方向に歩いていることにまったく気づかないまま、二時間以上も歩きつづけた。

クルマは走っていても、人など歩いていない田舎道だから、誰かに訊ねることもできなかった。夜闇に煌々《こうこう》と輝くガソリンスタンドの看板を眼にしたときには、砂漠でオアシスを発見したような気分だった。

「ずいぶん歩いたねえ、ここ隣の隣の町だよ」

スタンドのおじさんに言われ、目の前が真っ暗になった。歩いて戻ると三時間はかかるという。京太郎にはもう、そんな体力は残っていなかった。脚も棒のようになっていて、とても歩けそうにない。

「心配せんでも、路線バスがある。それなら三十分かからんな」

地獄に仏と思いきや、田舎なのでバスの本数が少なかった。時刻は午後九時になったばかりだったが、次に来るのが十時三十五分で、それが最終だった。

「バスがあっただけいいじゃないか。タクシーなんて呼んだら、いくらとられるかわからないぞ……」

そんなふうに自分を励ましてみたものの、ベンチさえない吹きさらしのバス停で最終バスを待ちながら、京太郎が考えていたのは夕食のことだった。

〈磯の酒場〉の閉店時間は午後十一時――それにはぎりぎり間に合うかもしれないが、飲食店のラストオーダーは閉店時間の三十分前というのが常識である。その時間はすでに過ぎている……。

とはいえ、夕食抜きというのはつらすぎる。昼食だって抜いているし、今日は相当歩いたのだ。消費したカロリーを補充しなければ眠れない。空腹で朝まで眠れないなんて、考えただけで泣きそうになってくる。

しかも、漁港のある町にバスが着いたのは、午後十一時十分だった。完全にアウトである。

もはや諦めるしかなかったが、宿への帰り道に〈磯の酒場〉はあった。京太郎は店の前で立ちどまった。灯りはまだついていた。暖簾《のれん》も出ている。残り物でもなんでもいいから、食べるものを分けてくださいと、奈美に頼みこんでみようか……。

そんなことを考えていると、ガラガラッと店の引き戸が開いた。

「あら、なにやってるの？」

奈美がくりくりした眼をひときわ丸くして言った。黒いダボシャツ姿だったが、ねじり鉢巻きと前掛けは取っていた。

「いっ、いや、そのっ……」

京太郎は激しく動揺した。食事を頼みたいのは山々だったが、奈美の機嫌を損ねるのが怖い。ここは町に一軒しかない居酒屋である。迂闊《うかつ》な真似をして彼女に嫌われてしまったら、明日から夕食を食べるところがなくなってしまう。

「暇なわけ？」

奈美に眉をひそめて見つめられ、

「えっ？　それはその……暇と言えば暇ですかねえ……」

京太郎はますます動揺した。

「ちょっと付き合わない？」

「はい？」

「わたし、これから一杯飲むからさ、暇なら一緒にお酒飲もうよ」

奈美は言うと、店の中に踵《きびす》を返した。京太郎にとって、願ったり叶《かな》ったりの展開だった。それでも、浮かれることはできない。むしろ緊張してしまう。店の客としてではなく、奈美とふたりで差しつ差されつで飲むというのは……。

「小上がりにあがってて」

奈美に言われ、京太郎は靴を脱いで畳の上にあぐらをかいた。

店内は、ガランとしてひどく淋しい感じがした。無口な男ばかりでも、客がひとりもいなければ活気というものがあるのだろう。

あっ、と思った。淋しい感じがするのは、奈美の威勢のいいおしゃべりが聞こえないからなのだ。静まり返っている中、けっこう待たされた。十分くらいだろうか。片付けをしているなら手伝ったほうがいいかもしれないと腰を浮かしかけると、奈美が盆に載った料理を運んできた。

「残りもんだけど、よかったら食べて……」

とても残りものとは思えない豪華な海鮮丼が、京太郎の前に置かれた。アラ汁までついている。奈美の席にはお銚子が二本……。

「こっ、これ僕ひとりで食べていいんですか？」

「うん」

「奈美さんは？」

「わたしはお酒が飲みたいんだもん。塩辛でもあれば充分」

二本のお銚子の隣に、イカの塩辛の小鉢が置かれる。座卓を挟んだ正面に、奈美が腰をおろす。

「どっ、どうして僕だけ……」

「お腹すいてそうな顔してるじゃないの」

奈美が猪口に酌をしてくれる。つまらなそうに「乾杯」と言い、一気に酒を呷《あお》る。

京太郎も飲んだ。日本酒の熱燗だった。紗月とそればかり飲んでいた日々を思いだすと、まだ心が千々《ちぢ》に乱れる。

「日本酒が好きなんですか？」

〈磯の酒場〉の客が飲んでいるのは、ほとんど焼酎ばかりだった。ビールを飲んでいる客はいても、日本酒を飲んでいる客は見たことがない。

「好きっていうか、今夜はあったかい日本酒の気分なの」

奈美は手酌で飲んでいる。飲むペースが速い。

熱燗が飲みたい気分というのがどういうものなのか、京太郎にはわからなかった。とりあえず、アラ汁を飲んでみた。からっぽのお腹に出汁《だし》の旨味が染みわたった。マグロ、イカ、エビの他、ウニやイクラまでのった海鮮丼は、見るからに旨そうで、酒を飲むのも忘れてガツガツ食べてしまう。

視線に気づいた。奈美が頬杖をついてこちらを見ている。

「なっ、なにか？　食べ方変でしょうか？」

奈美は首を横に振った。

「わたし、人が食べてるところ見るの好きなのよ。だから料理人になったんだもん」

「なるほど……」

京太郎はうなずいたが、釈然としなかった。食べているところを見るのが好きで料理人になったというのはわかるが、見られるほうは気まずいし恥ずかしい。彼女だって普段は、こんなふうにまじまじと見てくることはない。

しかも、眼つきがおかしかった。早くも酔ってきたのか、瞳が潤んでトロンとしている。

「あんた、おいしそうに食べるから、いいね」

「あっ、ありがとうございます」

「本当はね……好きな人が食べてるところを見るのが好きなの」

眼つきだけではなく、しゃべり方まで女っぽくなってきている。

「好きな人にね、最初に食べてもらったのは高校時代。お弁当をつくったの。いまみたいにYouTubeとかなかったから、お母さんに教わりながら大騒ぎしてなんとか完成させたんだけど……少ない！　って怒られた。部活のあとなんだから、腹へってるに決まってるだろ！　って」

京太郎の脳裏に、源さんの家で見たバスケ部の集合写真が蘇《よみがえ》ってきた。超イケメンのモテ男は恐ろしいと思った。女子に対してそこまで尊大な態度をとるなんて、普通だったらあり得ない。

「おかずなんてふりかけでいいから飯の量を三倍にしろとか言われたんだけど、わたしも意地っ張りだから、ムキになって料理の勉強して……三カ月後くらいに、まいった、って言わせてやった。嬉しかったな。奈美のつくる弁当が世界でいちばん好きだって言われて……」

海鮮丼を食べていた京太郎の箸《はし》がとまった。もうほとんど平らげていて、あとは最後の楽しみにとっておいた大好物のウニだけだったが、食べることなく箸を置いた。

奈美が涙を流しはじめたからだ。

「ごめん……」

指で涙を拭って立ちあがり、サンダルをつっかけて小上がりから出ていった。カウンターに両手をつき、がっくりとうなだれてむせび泣いている。

京太郎も靴を履いて小上がりから出た。しかし、奈美の背中を見つめていることしかできなかった。かける言葉が見つからない。

「本当にごめん……楽しくお酒が飲みたかったのに、昔のこと思いだしたら、なんかもう泣けてきちゃって……」

声が震えている。

「お弁当つくった彼とね、わたし結婚したの……二十歳のとき……でも、もうダメなんだ……何度言っても浮気するのやめてくれない……男の人だし、漁師だから、たまに羽目をはずすのは覚悟してたけど……でももう限界……これ以上我慢してたら、わたしのほうがおかしくなる……」

京太郎は、小刻みに震えている奈美の背中に近づいていった。

やめろっ！

ともうひとりの自分が叫んでいた。奈美もまた、人妻だった。たとえ別れを決意していたとしても、人妻であることには変わりはない。

おまえはつい最近、人妻に手を出して心に大怪我したばかりじゃないのか？　ようやく傷も癒えてきたというのに、同じあやまちを繰り返してどうするのだ？

それでも京太郎は、奈美を背中から抱きしめた。放っておけなかった。いつもは威勢のいい彼女が不意に見せた弱い部分——それを目の当たりにしておいて、なにもしないでいるなんてできそうもない。

「やさしくしないで……」

ひっ、ひっ、としゃくりあげながら、奈美が言った。腕の中で振り返り、涙に濡れた顔を見せつけてきた。

「わたし、いまボロボロなの……店じゃ虚勢を張ってるけど、ホントは立っているのもつらいくらいなの……」

泣きじゃくりながら言う彼女は、まるで少女のようだった。

「だから、やさしくしないで」

言いつつも、京太郎にしがみついてくる。

「やさしくされたら、わたし、好きになっちゃうよ」

京太郎はうなずいた。

「いいの？　好きになっても？」

もう一度うなずく。

わっ、と声をあげて泣きながら、奈美は京太郎の胸に顔を押しつけてきた。手放しの号泣だった。

京太郎にできることは、ダボシャツ越しにでも熱くなっていることがはっきりわかる彼女の背中を、さすりつづけることだけだった。

4

奈美が店の照明を消した。

その前に扉の鍵をかけている。京太郎は緊張していた。緊張するなと言うほうが無理な相談だった。

「ごっ、ご主人は……突然来たりしないんですかね？」

不粋《ぶすい》な質問だが、それだけはどうしても確認しておかなければならなかった。

「海の上からどうやって来るのよ」

奈美は吐き捨てるように言った。

「まあ、どっかの港で羽目をはずしているのかもしれないけどね。一度海に出たら、二週間は帰ってこないから……」

カウンター席の前で立ち尽くしている京太郎の前を、奈美が通りすぎて小上がりにあがっていく。こちらに背中を向けて髪留めをはずし、ポニーテイルにまとめてあった長い髪をおろした。にわかに女らしさが匂いたったが、黒いダボシャツを脱ぎ、ズボンも脚から抜くと、息を呑まずにはいられなかった。まるで別人が現れたようなインパクトがあった。

奈美はまだこちらに背中を向けている。

下着はピンクだった。黒いダボシャツの下がピンク色のブラジャーというのもミスマッチだが、奈美のキャラクターにも似合わない。それでも、たまらないほど色香がある。グラマーなスタイルのせいに違いない。腰が蜜蜂のようにくびれ、ボリューミーなヒップの肉はピンクのパンティからはみ出しそうだ。

「ふたり目だからね」

奈美は背中を向けたまま、ピースサインを京太郎に示した。

「わたし、夫しか男を知らない真面目な女だから、心してかかってきて」

強気な言葉とは裏腹に、声が震えている。薄闇に眼を凝らしてよく見ると、ピースサインをしている二本の指も震えていた。

ごくり、と京太郎は生唾を呑みこんだ。セックスを始める前にそんな重たいことを言わないでほしいとも思ったが、すでに勃起していた。奈美の下着姿は魅力的すぎた。後ろを向いているにもかかわらず、豊満な尻と蜜蜂のようにくびれた腰で、どこまでも悩殺してくる。

京太郎は靴を脱いで小上がりにあがると、

「ほっ、本当にいいんですか？」

奈美を後ろからそっと抱擁した。

「僕みたいなのが、ふたり目の男になって……」

「そういう念押しみたいなこと言わないで」

後ろを向いたまま、奈美は言った。

「いいと思ってるから、服を脱いだんでしょ。女に恥をかかせたいなら、尻尾を巻いて帰ればいいじゃない」

京太郎は奈美の体を反転させ、向きあう格好にした。先ほどまで号泣していた彼女の眼は赤く腫れ、また泣きだしそうだった。強がりを言っていても、男に下着姿をさらしていることが恥ずかしいのだろう。身をすくめて小刻みに震えている様子が、たまらなく可愛らしい。

「好きです、奈美さん……」

京太郎はキスをしようとした。驚いたことに、奈美は顔をそむけてキスを拒んだ。

照明を消して下着姿になっているのに、あり得ない態度だった。それでも、怒る気にはなれなかった。

彼女は慣れていないのだ。浮気者の夫とは正反対に、三十歳の現在まで色恋沙汰を避けて生きてきた女なのである。

少し前までの京太郎なら、そういうタイプの女が苦手だったかもしれない。京太郎もまた、色恋沙汰に恵まれない人生を送ってきたからだ。慣れない者同士のセックスなんて、盛りあがるはずがない。

しかし、紗月と付き合ったことで、ほのかな自信が芽生えていた。女を感じさせることに、悦《よろこ》びを覚えるようになったのである。

「んんんっ……」

背中をさすってやると、奈美は小さく声をもらした。彼女の素肌は、肌理《きめ》が細かくてすべすべしていた。何度も何度も撫でさすっていると、手のひらが磨かれていくようだった。

奈美が顔をあげたので、すかさずキスをした。ようやくできた、という感じだったが、口は開いてくれなかった。京太郎は舌を差しだし、唇の合わせ目をなぞるように舐めた。しつこくやっているとなんとか口は開いてくれたが、舌をからめあうことはできなかった。

なんて初々《ういうい》しい……。

京太郎よりふたつ年上の人妻なのに、ここまでおぼこいと感嘆するしかなかった。同じ人妻でも、紗月とは大違いだ。

「横になりましょうか」

「その前に、あなたも服を脱いで」

京太郎はうなずき、ブリーフ一枚になった。ふたりで畳の上に横になると、にわかにいやらしい気分が高まってきた。

奈美の胸を意識したからだろうか？

彼女は巨乳だった。ピンク色のブラジャーのカップがびっくりするほど大きく、手を伸ばさずにはいられない。ざらついたレースの感触が、なんともいやらしい気分にいざなってくれる。

「んんっ……」

カップ越しにやわやわと揉むと、奈美は眉根を寄せた。彼女は可愛い顔をしている。だが、普段はねじり鉢巻きで客を顎で使うような女なのだ。そんな奈美がセクシャルに眉根を寄せていると、それだけで興奮してしまう。男というのは、ギャップが大好きな生き物らしい。

「ああんっ……」

ぐいぐいと指を動かすと、奈美は可愛らしい声をもらした。とはいえ、まだブラ越しの愛撫である。巨乳は感度が悪いという俗説があるが、彼女の場合は反対らしい。巨乳にもかかわらず、感じやすいようだ。

京太郎は奈美の背中に両手をまわし、ブラジャーのホックをはずした。カップをめくると、ふたつの胸のふくらみが恥ずかしげに顔を出した。プリンスメロンがふたつ並んでいるような、見事な量感だった。全体のサイズに比例して乳暈《にゅううん》も大きめだったが、色は淡い桜色だ。

「なっ、奈美さんっ！」

京太郎は鼻血が出そうなほど興奮し、思わず彼女に馬乗りになった。両手で双乳を裾野のほうからすくいあげれば、たっぷりとした感触に驚愕するしかなかった。京太郎はこれほど乳房が大きい女と寝たことがなかった。やわやわと揉みしだくと、搗《つ》きたての餅のように柔らかかった。

「あああっ……はぁあああっ……」

ねちっこく乳肉を揉みしだかれ、奈美も興奮しているようだった。京太郎は手指を動かしながら、乳首に顔を近づけていった。尖らせた舌先で、まずは大きめな乳暈から舐めはじめる。淡い桜色と白い素肌の境界をなぞるように……。

「くっ、くぅうっ……」

乳暈を唾液で濡れ光らせていくと、奈美の呼吸ははずみだした。京太郎は眉根を寄せた彼女の顔を眺めながら、左右の乳暈を交互に舐めた。中心がむくむくと突起してくると、舌先でコチョコチョとくすぐった。

「あああーっ！」

巨乳にもかかわらず感じやすいという予感は、どうやらあたったようだった。乳首を刺激しはじめた途端、奈美は声をあげて身をよじりだした。京太郎はすかさず乳首を口に含み、音をたてて吸いしゃぶった。そうしつつ、プリンスメロンのような巨乳にぐいぐいと指を食いこませる。

いつまでも戯《たわむ》れていたい魅惑のふくらみだった。朝までだって、巨乳を揉んで、乳首を吸っていられると思った。

しかしそれでは、女を悦ばすことはできない。

京太郎は馬乗りになったまま、奈美の足元まで後退《あとずさ》った。ピンク色のパンティの両脇に手をかけ、そっとおろしていく。

「いっ、いやっ……」

奈美が恥ずかしげにパンティを押さえてきたが、本気の抵抗ではないだろう。やさしく手指を離させ、女の秘部を覆っている薄布をめくりおろしていく。

黒い草むらが眼に飛びこんできた。こんもりと盛りあがった恥丘を飾っているそれは、縦長の楕円形に茂っていた。どちらかと言えば、薄いほうだろう。遠慮がちに茂っており、ふうっと息を吹きかけると春の若草のように軽やかに揺らいだ。

京太郎はピンク色のパンティを脱がせると、両脚をひろげようとした。

「まっ、待ってっ！」

奈美が肩をつかんできた。

「もっ、もしかして……舐めようとしてる？」

まなじりを決して訊ねられ、京太郎はたじろぎそうになった。

「そっ、そうですけど……」

「やめて」

「どうして？」

「恥ずかしいもの」

「それはそうかもしれませんが……」

恥ずかしさの向こう側に性の愉悦はあると思うが、奈美は頑なだった。

「夫にもされたことがないから、とにかくやめて」

「……わかりました」

京太郎は渋々うなずいた。フェラを嫌がる男はいないだろうが、クンニを嫌がる女は一定数いるのだろうか？　人生損をしていると思うが、嫌だという女に無理やりなにかを強要するのは、京太郎の流儀ではなかった。

馬乗りから添い寝の体勢に移行し、横側から奈美を抱き寄せた。右手を自由に使うために、彼女の右側に陣取った。

5

クンニができないとなると、手マンが前戯のハイライトということになる。心してかからなければならない。

京太郎はまず、左腕で奈美に腕枕をし、左の肩を抱いた。そうしておけば、左の乳首に手が届く。

続いて、右手を下半身に這わせていく。奈美はまだぴったりと両脚を閉じていたが、草むらは見えている。そこはスルーし、まずは太腿から撫でさすった。グラマーな彼女は、太腿も逞しい。いやらしいくらいむっちりしている。

「……ぅんんっ！」

太腿を撫でながらキスをした。奈美はすでに息がはずみだしていたので、今度は簡単に口を開いた。舌を侵入させて、彼女の舌をからめとった。やさしくしゃぶりつつ、右手を両脚の間に差しこんでいく。敏感な内腿を撫でながら、じわじわと両脚を開かせていく。

いきなりM字開脚にはできなかった。もちろん、奈美が抵抗したからだ。それでも、股間に右手が入るスペースはできた。

京太郎は中指をしゃぶって唾液をつけると、手マンを開始した。唾液で濡らした中指で、女の割れ目をすうっと撫でた。

「あああっ！」

奈美は声をあげてのけぞった。くにゃくにゃした花びらの縁を、軽く触っただけだった。ゆっくり、やさしく、が紗月に教わったセックスマナーだった。快楽の中に痛みのスパイスを求める彼女でさえ、最初は微弱な刺激を求めてきた。触るか触らないかぎりぎりの感じが、女の興奮を高めるらしい。

すうっ、すうっ、と割れ目を何度も撫であげていると、奈美の両脚が自然と開いていき、気がつけばM字になっていた。

京太郎は爪を立て、敏感な内腿を、さわさわっ、さわさわっ、とくすぐった。奈美は声をあげて身をよじった。ハアハアと息もはずんでいる。京太郎は割れ目の両脇に中指と人差し指をあて、閉じては開き、開いては閉じた。花びらの奥は、指が泳ぎそうなほど濡れていた。

「あああっ……はぁあああっ……」

眉根を寄せた奈美が、すがるように見つめてくる。京太郎は口づけを与えつつ、左手で乳首をつまんだ。右手の中指は、花びらの間で尺取虫のように動いている。いじればいじるほど、あとからあとから新鮮な蜜があふれてくる。

クンニがしたかった。

薄闇の中でもはっきりわかるほど紅潮している奈美の顔を見ていると、マングり返しに押さえこんであふれた蜜を啜《すす》りたくなってくるが、ここは我慢のしどころだ。ヌルヌルに濡れた穴の入口に、中指の先を入れた。第一関節まで入れてヌプヌプと浅瀬を穿《うが》てば、奈美はキスを続けていられなくなった。

「あああああっ……はぁああああっ……」

首に筋を浮かべて身をよじり、長い黒髪をうねうねと揺らす。長い黒髪だけではなく、プリンスメロン級の巨乳も揺れはずむ。

「あぁううう！っ！」

満を持して中指がクリトリスをとらえると、奈美は喉を突きだした。米粒ほどのサイズでも、この肉芽は女の急所中の急所だ。ねちねち、ねちねち、と転がせば、奈美はあえぎ声がとまらなくなる。タプン、タプン、と巨乳を揺らし、快楽の海に溺れていく。

「ねっ、ねえ……」

閉じることができなくなった唇で、彼女はねだってきた。

「もう欲しいっ……」

その言葉を額面通りには受けとれない、と京太郎は思った。結合がしたいというより、自分ひとりだけが感じさせられている状況が恥ずかしいのだろう。

それでも、彼女の花はもう充分に潤んでいるから、挿入できないこともない。ずいぶんあっさりした前戯だが、彼女はクンニが嫌いであり、ということはなんとなくフェラも苦手な雰囲気だった。ペニスを入れる前に舐めてほしい、と求める勇気が京太郎にはなかった。

「おっ、お願いっ……もう入れてっ……」

「わかりました」

うなずいて上体を起こし、ブリーフを脱いだ。奈美の両脚の間に腰をすべりこませると、ペニスが臍《へそ》を叩くような勢いで上を向いていた。考えてみれば、紗月と別れて以来、半月以上も射精をしていなかった。セックスはもちろん、オナニーもしていない。

ペニスを握りしめると、いつにも増して硬かった。切っ先を濡れた花園にあてがい、入口を探った。亀頭がヌルヌルとすべる感触だけで身震いが走るほど、ペニスが敏感になっている。

「いきますよ……」

京太郎は息をとめ、腰を前に送りだした。ずぶっ、と亀頭が割れ目に沈みこんだ。奈美の体温を感じながら、ずぶずぶと奥に入っていった。彼女の中は狭かった。ずいぶんときつい、というのが最初の感想だ。

「あああっ……」

奈美が両手をひろげたので、京太郎は上体を覆い被せた。抱きしめると、奈美もしがみついてきた。

抱擁の一体感にしばし酔いしれてから、京太郎は腰を動かしはじめた。奈美の肉穴はきつかったので、まずはゆっくりと抜き差しして肉と肉とを馴染《なじ》ませる。潤滑油の蜜がペニスにまとわりついてくると、腰をグラインドさせた。濡れた肉ひだのびっしり詰まった女の穴を掻き混ぜてやる。

「あああっ……はぁあああああっ……」

奈美は真っ赤に染まった顔を、京太郎の肩に押しつけてきた。三十歳の人妻なのに、ずいぶんと初々しい反応だった。それに加え、胸に押しつけられている量感たっぷりの乳肉が、たまらないほど興奮させてくれる。

京太郎は本格的なピストン運動を開始した。まずはゆっくりと抜き、ゆっくりと入っていく。濡れた肉ひだを押しのけて入っていく感覚が、気持ちよくてしかたがない。自然とピッチがあがっていく。ただ、まだいちばん奥は突かない。

それでも、ペニスを抜き差ししていると、声をあげたいほどの快感を得ることができた。奈美は甲高い声であえいでいる。あえぎながら、京太郎の送りこむリズムに乗り、愉悦の海に溺れていく。

「うんんっ！」

京太郎は唇を重ねた。あえいでいる奈美は口を開けているから、簡単に舌と舌をからめあうことができた。奈美は興奮しているようで、唾液の分泌量がすごかった。舌をからめあえばネチャネチャと音がたち、舌を離せば唾液が糸を引いた。

「気持ちいいですか？」

ささやきかけると、奈美はうなずいた。コクコクと顎を引いて、何度も……。

ならばもっと気持よくしてやろうと、京太郎は腰を動かすピッチをあげた。息をとめて怒濤《どとう》の連打を送りこみ、ずんずんっ、ずんずんっ、と最奥まで突きあげてやる。

「はっ、はぁうううううーっ！」

腕の中で奈美がのけぞる。彼女はグラマーだから、抱き心地がいい。京太郎の抱擁は自然と強まり、腰使いにも熱がこもる。えぐりこむようなピストン運動で、コリコリした子宮をこすりあげてやる。

「えっ？　ええっ？」

ひいひいと喉を絞ってよがり泣いていた奈美が、不意に眼を開けた。迷子になった少女のような不安げな顔で、京太郎を見つめてきた。

「へっ、変よっ……変よっ……わたし変なのっ……あぁうううーっ！」

ぎゅっと眼をつぶり、きりきりと眉根を寄せていく。

「おっ、おかしいのっ……きっ、気持ちよすぎるのっ……こっ、こんなのっ……こんなの初めてっ……あああああっ……はぁあああああーっ！」

あえぎ声がにわかに高まり、身をよじりはじめた。無意識のようだが、腰が動いていた。京太郎の送りこむリズムに合わせて、下から腰を使ってきた。真っ赤になった顔を男の肩に押しつけている様子はおぼこいのに、下半身だけは三十歳の人妻ということか？

いや……。

戸惑いきっている奈美は、中イキをしたことがないのかもしれなかった。高校時代の恋人と二十歳で結婚した彼女がもっとも夢中でセックスしていたのは、若き日のことだろう。体が成熟したいまとは、感じ方が違うのかもしれない。若き日より感度があがっていたとしても、なにもおかしくない。

「ああっ、いやっ！　いやいやいやいやっ……」

ちぎれんばかりに首を振った。

「イッ、イクッ……わたし、イッちゃうっ……イクイクイクイクッ……はっ、はぁああああーっ！」

京太郎の腕の中で、グラマラスな体が跳ねた。ビクンッ、ビクンッ、と腰を動かし、必死になって身をよじる。肉づきのいいボディを、ぶるぶるっ、ぶるぶるっ、と激しいまでに震わせて、快楽の暴風雨にさらされている。

京太郎はピストン運動をとめて、そんな奈美を眺めていた。イキきるまで何秒かのことだろうが、一生眼に焼きついているだろうと思った。

第五章　高原でしっぽり

1

高原行きのバスが山道を走っている。

京太郎と奈美は最後部の席に並んで座り、しっかりと手を握りあっていた。奈美は身をすくめて視線が定まらず、ひどく落ち着かない様子だった。生まれてから一度も、伊豆半島にあるあの小さな漁村以外のところに住んだことがないらしい。外の世界に緊張しているのである。

ここは長野県の山間部、バスが向かっているのは富裕層に人気の高い避暑地だった。〈磯の酒場〉の店内で肉体関係を結んだ京太郎と奈美は、その翌日、朝いちばんのバスで駆け落ちを決行した。

奈美はすでに離婚を決意していたらしく、自分の欄を書きおえた離婚届をもっていたので、それを店に置いてきた。〈磯の酒場〉は奈美の親が始めたものらしく、自分がいなくなれば両親や兄弟が引き継いでくれるはずだと言っていた。

同じあやまちを繰り返すのか？　ともうひとりの自分が呆れていたが、京太郎は怯まなかった。奈美のことを好きになってしまった。好きな女を涙がとまらないような状況に放置しておくことは、男として断じてできなかった。

最初に目指したのは東京だった。

あてもない旅を続けるほど資金が潤沢にあったわけではないから、仕事をしなければならないと思った。そして、仕事を探すなら断然、田舎よりも東京である。京太郎にとっては出身地だから土地勘もあるし、多少なりとも頼りになりそうな友人・知人もいる。

ところが……。

東京駅で特急列車をおりた途端、奈美の顔からは笑みが消え、まったく口をきかなくなった。昼時だったのでとりあえず食事をしようと丸の内口から外に出たのだが、奈美は林立する高層ビル群に圧倒されたようで、歩けなくなってしまった。

「……怖い」

と言ってその場にしゃがみこんだ。京太郎は丸ビルの中にあるレストランでピザでも食べようと思っていたのだが、そこまで辿りつけなかった。奈美はとにかく都会の景色が怖くてしようがないようだった。

駅に戻り、構内にあるカフェに入っても、彼女の顔は青ざめていく一方だったので、京太郎は困り果ててしまった。一瞬、踵を返して漁師町に戻ることも脳裏をよぎったくらいだ。

そのときスマホが電話の着信音を鳴らさなければ、本当にどうなっていたかわからない。

電話をかけてきたのは、いとこの春彦《はるひこ》だった。七つ年上で、以前は近所に住んでいたから、ひとりっ子の京太郎にとって兄のような存在だった。

「おまえ大変なことをやらかしたんだって？」

電話越しに苦笑された。京太郎の両親に、今回の件について聞いたらしい。予想通り、実家の両親はカンカンに怒っているという。

「人妻と駆け落ちとは、おまえにしては大胆な事件を起こしたな」

「なっ、なんで駆け落ちって知ってるの？」

「人妻のダンナが、おまえの親に会いにきたらしい。で、同じ日の朝にいなくなってたから、こりゃあ家出じゃなくて駆け落ちだと特定されたってわけ」

「……マジか」

「まあ、恋愛が楽しい年ごろなんだろうが、人妻はやめといたほうがいいぜ。相手の家庭もぶっ壊しちまう」

「いや、その……」

京太郎はしどろもどろに言葉を継いだ。

「その人とはとっくに別れて、もう家に帰ってるはずだけど……」

いまは別の人妻と駆け落ちしている、とはとても言えなかった。

「じゃあ、おまえはいまどこにいるんだ？　昨日おまえんち電話したら、まだ帰ってきてないって言ってたぜ」

「いや、まあ、さすがに……家には戻りづらくてさ……」

「だったら、ほとぼりが冷めるまで俺んとこでバイトしない？」

春彦は長野県の避暑地でペンションを経営している。もう五年になるだろうか。京太郎も三回ほど行ったことがある。

「バイトしてた女の子の親が倒れて、急に帰っちゃったんだよ。俺とふたりだけだと、やっちゃんの負担が増えて、ちょっと可哀相な状況なんだ……」

やっちゃんというのは春彦の妻だ。本名は弥栄子《やえこ》で、ペンションの経営はふたりの夢だった。

「どうだい？　うちのバイトは時給いいぜ」

「だったら……」

京太郎は前の席に座っている奈美をチラッと見た。青ざめた顔を下に向け、自分の体を抱えるようにしてガタガタ震えている。

「あのね、春ちゃん。実はさ、もうひとり連れがいるんだけど、ふたりで一緒に働かせてくれない？」

「連れ？」

春彦が怪訝《けげん》そうに訊ねてきた。

「それって男？　女？」

「……女だけど」

「おまえ、さっき人妻と別れたって言ってたの、嘘だったのか？」

「ちっ、違うっ……違うからっ……いまの彼女は独身なんだ。それにプロの料理人だから、僕より絶対戦力になるよ」

「本当に人妻じゃないんだな？」

「違うから！　僕だってもう懲りごりなんだよ、人妻なんて……」

「ならいいけどね」

自他ともに認める愛妻家の春彦は、不倫の類いが大嫌いなのだろう。兄貴分に嘘をつくのは胸が痛むが、とりあえず奈美は独身という設定でいくしかない。

終点に到着したので、京太郎と奈美はバスをおりた。ここからは徒歩だ。春彦には
クルマで迎えにいってやると言われたが、断った。それほど遠くはない。歩いても十
分ほどの距離である。

「気分はどう？」

歩きながら訊ねると、

「空気がおいしい」

奈美は両手をひろげて深呼吸した。無理して笑顔を浮かべているような気もしたが、
空気がおいしいのは本当だった。海辺の潮風は湿っぽいが、ここは標高九〇〇メート
ル以上あるから、空気がキリッと澄んでいる。

「東京よりは全然マシでしょ？」

「うん」

今度はつくりものじゃない笑顔が返ってきた。ふっと笑ってから胸に手をあてて、
眉根を寄せた。

「東京は本当に怖かった。二度と行きたくない。なんであんなにビルが大きいの？
あんなに大きなビル、つくる必要ある？」

もはや怖がるというより怒っている。

「元気になったならよかった」

眼を見合わせて笑った。たったひと晩をともにしただけなのに、ずいぶんと仲がいいと我ながら思う。だが、男と女なんてそういうものなのだろう。相性がよければ、接近するのに時間はかからない。

紗月とのときは、京太郎が彼女とのセックスに嵌《は》まった。あんなにも熱狂的なセックスをしたのは初めてだった。

奈美の場合は逆だ。彼女は京太郎によって、初めての中イキに導かれた。はっきり言葉にされたわけではないが、それが相当大きいのだろう。女はオルガスムスを与えてくれる男に弱い生き物なのかもしれない。たったひと晩、一緒に過ごしただけなのに、とても信頼されている気がする。

「あっ、あれがいいとこのペンション」

建物が見えてきたので、京太郎は指差した。黄色い壁に白い柱のついた、瀟洒《しょうしゃ》な建物だった。異国情緒が漂っているのは、北欧の建築会社に設計から施工までまかせたからだ。

「なっ、なんかおしゃれすぎない？　外国の別荘みたい」

奈美が驚いている。

「集客のためには、おしゃれじゃなきゃいけないんじゃないの？　こういう避暑地に来る人なんて、それなりにお金もってるだろうしさ」

「地元のボロ宿とは大違い」

「ボロって言わないでくださいよ。僕けっこう気に入ってたんだから」

「本当？」

「うん」

「いったいどこが？」

「安いし居心地よかった」

「ごはんも出ないでしょ？」

「おかげで奈美さんと知りあえた」

視線と視線がぶつかると、奈美はあわてて顔を伏せた。歩きながらでも、頬が赤くなっているのがはっきりわかった。

2

春彦夫婦が経営するペンションは、一階がレストランで二階に客室が六部屋ある。規模は小さいが繁盛しているらしい。客単価が高いからだ。京太郎など、親戚割引きをしてもらわないと、とても泊まれない額である。

「いらっしゃい、京太郎くん。待ってたわよ」

玄関で靴を脱いでいると、やっちゃんが迎えてくれた。背の高い美人で、元々ファッションコーディネイターだったから、いつも奇抜な格好をしている。今日も左右が非対称のワンピースだ。

「久しぶりだけど、なーんかずいぶん男らしくなったじゃない？　どうしてかな？なんかいいことあったかな？」

奈美のことをチラチラ見ては、意味ありげに笑う。

美人でおしゃれでも、やっちゃんは気さくな女だった。京太郎とも仲がいいが、姐《あね》御《ご》肌で気《き》っ風《ぷ》がいいから、彼女のことを姉のように慕っている人間は少なくない。彼女よりずっと年上の地位のある客までそんな感じらしく、このペンションが繁盛しているのは、やっちゃんのおかげと言っても過言ではない。

「おう、意外に早かったな」

春彦がやってきた。元ファッションコーディネイターの妻をもつ彼もまた、おしゃれな男だった。奇抜ではなく落ちついた感じだが、シャツ一枚とっても、高そうだな、品がいいな、とはっきりわかる。

春彦は元銀行員だが、昔から料理が得意だった。近所に住んでいたころは、よく家に招かれていた。中学生のときからスパイスカレーをつくっていたらしいし、大学時代の夏休みにはフランスやイタリアに渡り、現地のレストランでアルバイトしていた。

自分にとって料理はマニアックな趣味のようなものだと当時は言っていたが、ここへきて仕事になったのだから、人生なにが起こるかわからない。

「東京からなら新幹線で一時間だもん」

京太郎は笑顔で答え、

「こちら、奈美さん」

うつむいてもじもじしている人妻を紹介した。うつむいてもじもじしているのは、彼女が人見知りだからではない。〈磯の酒場〉をひとりで威勢よく切り盛りしていた彼女が、人見知りなわけがない。

そうではなく、気後《きおく》れしているのだ。おしゃれなペンションと、おしゃれなオーナー夫婦。一方の奈美は、百回くらい洗濯していそうな赤いパーカーに、色褪せたデニムパンツなのである。

気にすることはない、と京太郎は胸底で励ました。服装なんて人それぞれだし、京太郎はなにも奈美の外見を好きになったわけではない。

眼のくりくりした可愛い顔をしているし、驚くようなグラマーボディの持ち主だが、そんなことより、セックスのときの初々しさにノックアウトされた。三十歳の人妻、居酒屋の威勢のいい女将という普段のキャラが、裸になると一変する。そのギャップに興奮せずにはいられなかったし、愛さずにはいられなかった。

「奈美さん、料理人なんだって?」

やっちゃんに訊ねられ、

「はい……居酒屋で……」

奈美は蚊の鳴くような声で答えた。

「すごい腕前なんだよ。彼女のつくる魚料理は日本一だと、僕は思ってる」

京太郎が助け船を出したが、

「魚料理が……」

やっちゃんは顔色を曇らせた。

「あいにくここは山の上だから、新鮮な魚貝を仕入れるのがなかなか難しいのよね。それに、彼女に手伝ってもらいたいのは、厨房じゃなくてホール、お給仕の仕事なんだけど、大丈夫かしら?」

「はい……頑張ります。ただ……」

「ただ?」

「制服とかあるんでしょうか?　わたし、ろくな服をもってなくて……」

「うーん、制服はないなあ……」

やっちゃんは顎をさすりながら、奈美の格好を上から下まで眺めた。さすがにこの格好で給仕はさせられない、という顔をしている。おそらくやっちゃんのコネクションなのだろう、ここでアルバイトしている若い女の子を複数人見たことがあるが、全員モデルのような美人でキメキメのファッションだった。

「じゃあ、わたしの服を貸してあげようか？」

「えっ！」

京太郎は思わず大きな声を出してしまった。

「だっ、大丈夫なの？　やっちゃんの服で……」

「なによー。わたしだって普通っぽい服くらいもってるのよ」

左右非対称のワンピースを着ている人に言われても説得力はゼロだったが、ひとまず彼女にまかせてみるしか手はなさそうだった。

やっちゃんと奈美がホールで給仕をし、春彦と京太郎は厨房で仕事する。春彦がシェフで、京太郎は洗い場だ。

あと五分で、ディナータイムの始まる午後六時だった。

客室は六つしかなくても、レストランには四人掛けのテーブルが十卓ある。宿泊せず、食事だけをする客もいるからだ。

まだ客が入っていないので、京太郎が洗っているのは、もっぱら春彦が仕込みに使った鍋や調理器具だった。ガシガシと手を動かしながらも、頭がぼうっとしてしまう

がない。

奈美のせいだった。

やっちゃんが普通っぽい服をもっているという話はやはり嘘で、奈美はゴールドベージュのドレスを着せられた。露出が極端に多かったり、透ける素材を使っているわけではないのだが、つやつやした光沢のある生地が体にぴったり張りついているから、ボディラインがすっかり露わになっている。

「給仕をするにはちょっとドレッシーすぎるけど、普通でしょ」

やっちゃんは自信満々に言い放ったが、奈美は巨乳なのである。ウエストはくびれ、ヒップはボリューミーなグラマーなのである。それが丸わかりになっているから、エロすぎるとしか言いようがない。ヌーディカラーなのも、エロさに拍車をかけている。どうしたって裸を連想してしまう。

おまけに、先ほどヘアメイクアーティストという人が来て、奈美の髪をキャバクラ嬢のようなくるくるの巻き下ろしにした。化粧もばっちりだった。近所に住んでいるというヘアメイクの人を、やっちゃんが呼びだしたのだ。標高九〇〇メートルを越える山の中にあるのに、ここはいったいどんなところなのだ？

「田舎じゃ横の繋がりが大切なのよ。わたしもよく、出張で髪をやってもらうし、こっちが逆に料理のデリバリすることもあるしね。普通はやってないのよ。お友達だけの特別サービス。そういう関係性ができあがると、生活のクオリティがぐっとあがるんだな」

それはともかく、奈美のエロさは大問題だった。京太郎など、とても正視することができなかった。正視すれば、絶対に勃起する。ゆうべの熱いひとときのことまで思いだして、いても立ってもいられなくなるに決まっている。

ディナータイムに突入し、やっちゃんと奈美が給仕を始めた。どうなることかと思ったが、客が品のある夫婦ばかりだったので、奈美がいやらしい視線の餌食になることも、セクハラジョークを浴びせられることもなかった。

それにしても……。

使用済みの食器を運んでくる奈美の色香に眩暈《めまい》がとまらない。露わになったボディラインがエロいだけではなく、いつもポニーテイルの長い髪を華やかに整え、濃いめの化粧を施した顔は、かなり女らしい。〈磯の酒場〉で働いていたときとは、完全に別人と言っていい。しかも、過剰に恥ずかしがる様子もなく、驚くほど堂々と振る舞っている。

おかげで、余計なことをしてしまった。

奈美が食器を運んできたとき、「ちょっと」と声をかけた。洗い場から出たところに、ホールからも料理をしている春彦からもブラインドになる場所があったので、奈美をそこにうながした。

「大丈夫？」

「うん」

「なんかごめん。本当は凄腕の板前さんなのに」

「ううん。給仕は慣れてるから。高校時代はあんみつ屋さんでバイトしてたし、最初に働きだしたお寿司屋さんでもやってたし」

「そうですか。でも、意外にノリノリじゃありません？」

「我に返っちゃうと恥ずかしくなっちゃうからよ」

奈美は恥ずかしそうに京太郎の腕を叩いた。

「それに、ここってとっても雰囲気いいから、給仕してるとなんかうっとりしちゃう。別世界に来たみたい。お皿割らないように気をつけなきゃ」

奈美は眼尻を垂らしてにっこりと笑った。巻き下ろしの髪とプロのメイクのおかげで、いつもの百倍笑顔が輝いていた。

そこまではよかった。

「じゃあね」

と奈美がホール行くために背中を向けた瞬間、京太郎は彼女の尻に触った。つやつやと輝くゴールドベージュの生地に包まれたボリューミーなヒップの触り心地は、いやらしいのひと言だった。裸の尻よりも丸みが強調されている気がするし、なによりなめらかな生地の感触がたまらない。ちょっと触るだけではなく、味わうように撫でまわしてしまう。

京太郎が尻に触った瞬間、奈美は立ちどまっていた。ゆっくりと振り返った。キッと眼を吊りあげて睨まれ、京太郎の心臓は縮みあがった。戦慄が悪寒《おかん》となり、背筋を這いあがっていく。

忘れてはいけなかった。

今日は高層ビルを怖がって道端でしゃがみこんだり、ドレスやメイクで見違えるように女らしくなった奈美を見ていたが、それは素の彼女ではない。

奈美はそもそも、年配の漁師たちを顎で使いながら、居酒屋をひとりで切り盛りしていた威勢のいい女将なのである。

尻を触られてもその場ではなにも言わず、睨むだけで奈美は去っていったが、あとが怖かった。

部屋でふたりになったとき、彼女は京太郎をどうするだろうか？　ビンタくらいで許してくれるなら、甘んじて受けよう。だが、もっとはるかにきついお仕置きで、泣くまで責められるのではないだろうか？

3

午後九時――。

ディナータイムが終了すると、京太郎と奈美はお役御免になった。本来なら後片付けもあれば朝食の準備もあるのだが、初日だからと春彦とやっちゃんが気を遣ってくれたのである。

オーナー夫婦のプライヴェートルームは一階にあるが、京太郎たちにあてがわれた部屋は三階にあった。天井が斜めになった屋根裏部屋のような狭いところに、シングルベッドが三台つめこまれている。アルバイトが寝泊まりする、スタッフオンリーのスペースである。

階段をのぼっていきながら、京太郎の心臓は爆発しそうだった。両手に持った盆の上には、夜食のサンドウィッチが載っている。あとは春彦の奢りで、赤ワインのボトルが一本。皿がカタカタと音をたてるほど手が震えているので、いまにもボトルを倒してしまいそうだ。

後ろから奈美がついてきていた。階段を先にのぼらせようとしたのだが、きっぱりと首を横に振られた。怖い顔をしていた。あなたの目の前にお尻を無防備にさらせません、とばかりに……。

怒っているに違いなかった。部屋に入った瞬間、土下座して謝ろうと京太郎は思った。先ほど尻を触ってしまったのは、奈美の尻が魅力的すぎたからだと弁明するしかないだろう。

ところが……。

部屋に入り、サンドウィッチの載った盆をテーブルに置いた瞬間、

「恥ずかしかったあーっ！」

奈美が声をあげて抱きついてきた。京太郎はびっくりしながら受けとめた。ゴールドベージュのドレスに身を包んだ彼女はいつもより抱き心地がいやらしく、巻き下ろした髪からはいい匂いが漂ってきた。

「こんな大人っぽいドレス、生まれて初めて着たんだもん」

「おっ、怒ってないの？」

京太郎は怖々と顔色をうかがいながら訊ねた。

「どうして？」

奈美は無邪気な顔で返してきた。

「いや、その……さっきお尻触ったりして……」

「わたしがセクシーだから触りたくなったんでしょ？」

ニヤニヤ笑っている。

「そっ、そうだけど……」

「嬉しかったし、自信もっちゃった」

「そっ、そう……」

奈美が心底嬉しそうな顔をしているので、京太郎は気圧された。すっかりキャラが変わっている。この人は本当に、黒いダボシャツにねじり鉢巻きで魚をさばいていた奈美だろうか……。

女らしさが匂った。いままで彼女を、そんなふうに思ったことはない。ドレスやメイクが、奈美に本来備わっていた女らしさを引きだしたのだ。黒いダボシャツやねじり鉢巻きは職業上の鎧のようなもので、本当は女らしい女だったのか……。

「キスして」

瞳を潤ませ、甘えるような声でささやく。

京太郎は唇を重ねた。すぐにお互い口を開き、舌をからめあいはじめる。口づけが深まっていくのと同時に、京太郎は奈美の背中をさすりはじめた。つやつやした光沢を放つドレスの生地は、異様に触り心地がよかった。もちろん、生地だけ触っても面白くもなんともないに違いない。

女の体をぴったりと包みこんでいるから触りたくなるのだ。とくに奈美はグラマーだから、つるつるした生地の向こうに柔らかな肉の感触がする。くびれた腰のカーブはエロティックだし、尻の丸みに至っては、ひと晩中でも撫でまわしていたくなるほどいやらしい。

不意に、奈美の顔が赤くなった。京太郎が勃起していることに気づいたからだ。

「ダメよ……」

力なく首を横に振る。

「先にお風呂入らなくちゃ……」

このペンションには大浴場のような施設がなかった。そのかわり、各室に備えつけられたバスルームがとても豪華だ。客室ほどではないが、スタッフオンリーのこの部屋にもジャグジーがついている。おまけに窓から月や星が見える。大きな湯船にふたりで浸かりながら、夜空を眺めるのは悪くない。

しかし、風呂に入るということは、ドレスを脱いでしまうということである。髪を洗えば元のストレートに戻るし、化粧だって落とすだろう。

もちろん、奈美はすっぴんでも可愛いし、長い黒髪だってよく似合っている。だが、せっかくドレスアップしているのだから、もう少し見ていたい。

「お風呂はあとにしましょうよ……」

尻を撫でながらささやくと、

「ダメダメ……」

奈美は甘い声で返してきた。尻を撫でる動きに合わせて、身をよじりはじめてもいた。ダメと言いつつも、京太郎の手を振りほどいてバスルームに行くような素振りは見せない。

欲情が伝わってきた。彼女にしても、もう少し女らしい装《よそお》いを楽しみたいのかもしれなかった。あるいは、ゆうべのセックスを思いだしているのか？　おそらくではあるが、彼女はゆうべ、生まれて初めて中イキを果たした。

「……あんっ！」

ベッドに押し倒すと、奈美は小さく悲鳴をあげた。可愛い悲鳴だった。京太郎は左手で腕枕をしつつ、彼女の体を抱き寄せた。

「ダメだから……今日はいっぱい汗をかいたから……」

いやいやと身をよじりつつも、三十路《みそじ》の欲情が生々しく伝わってくる。なるほど、彼女は今日、たくさん汗をかいたかもしれない。考えてみれば、朝いちばんのバスで駆け落ちを決行し、東京を経由してこの避暑地までやってきた。けっこうな大冒険だったうえ、給仕仕事までやっている。

だが京太郎は、奈美の汗の匂いが嗅ぎたかった。シャボンの匂いも嫌いではないが、今夜は彼女の生身のフェロモンにまみれたい。クンニがＮＧなのだから、せめてそれくらいは許してほしい。

「お風呂入る前にしましょうよ……」

ささやいては、チュッと音をたててキスをする。

「ダーメ」

奈美は笑いながら首を振り、チュッとキスを返してくる。

「いいじゃないですか」

チュッ。

「ダーメ」

チュッ。

「奈美さんが色っぽすぎて、僕、皿洗いながら勃《た》っちゃいそうだったんですよ」

チュッ、チュッ。

「ダメダメ、するのはお風呂入ってから」

チュッ、チュッ、チュッ。

完全にイチャイチャしていた。相手が〈磯の酒場〉の女将とは思えなかった。もっと別の、綺麗な女優とでもキスしている気分だった。ペンションの屋根裏という非日常的なシチュエーションと相俟って、ロマンチックな映画のワンシーンにまぎれこんでしまったようだ。

もちろん、ロマンチックでありながら、エロティックでもあった。

奈美はつやつやした光沢を放つゴールドベージュのドレスに身を包んでいた。あお向けになっても上に向かって突きだしている胸のふくらみを、京太郎は撫でまわした。キスをしながら執拗に撫でていると、奈美の顔がどんどん色っぽくなっていった。眉根を寄せ、瞳を潤ませ、半開きの唇からもれる呼吸がはずみだす。

「脱がしていいですか？」

京太郎は甘い声でささやいた。

「お風呂入るにしても、裸にならなきゃでしょ？」

奈美はしばし眼を泳がせて逡巡していたが、やがてコクンとうなずいた。京太郎は彼女の上体を起こし、首の後ろのホックをはずした。続いて、ちりちりとファスナーをさげていく。

白い素肌が見えた。ブラジャーは水色だった。飾り気のないデザインがいかにも奈美の私物という雰囲気で、ゴージャスなドレスや巻き下ろしている髪とハレーションを起こす。

ブラジャーのホックをはずし、それを奪うと、奈美は両腕で胸を隠した。京太郎は後ろにいたのでよく見えなかったが、女の細腕二本では彼女の巨乳はとても隠しきれないはずだ。

ドレスをすっかり脱がすには、奈美を立ちあがらせる必要があった。しかし、そうはしなかった。京太郎は上半身裸になった彼女を、後ろから抱きしめた。巻き下ろしている髪の中に顔を寄せ、耳に吐息を吹きかけてやる。

ぶるっ、と奈美が身震いする。

京太郎はくるくるの髪の中に顔を突っこみ、尖らせた舌先で耳を舐めた。外耳から耳たぶに向けて、ツツーッ、ツツーッ、と舌先をすべらせる。反対側の耳も、指を使って同じように愛撫する。

「やんっ、感じちゃうでしょ……」

ぶるぶるっ、ぶるぶるっ、と身震いしながら、奈美が言った。それでも、その場から逃げだそうとうはしない。

感じているようだった。ならばもっと感じさせてやろうと、京太郎は首筋にキスをした。チュッ、チュッ、とキスをしては、髪をかきあげ、うなじを露わにする。髪の気の生え際である襟足《えりあし》を、ペロペロ、ペロペロ、と舐めまわす。

「やっ、やめてっ！」

奈美が焦った声をあげて、両手を後ろにまわしてくる。京太郎は内心でほくそ笑んだ。焦っているのは感じている証拠だし、両手を後ろにまわしてくれれば、胸のディフエンスがガラ空きになる。

「あああっ！」

バックハグの状態から、双乳をつかんだ。量感たっぷりの裾野のほうからすくいあげ、やわやわと揉んでやる。奈美の乳肉は搗きたての餅のように柔らかいから、指が簡単に沈みこむ。おかげで指先に熱がこもり、すぐにやわやわからむぎゅむぎゅに揉み方が変わっていく。

「ああっ、ダメッ……ダメだってばっ……」

身悶える奈美を、京太郎はさらに翻弄《ほんろう》していく。巨乳を揉みしだきながら、ツッーッ、ツツーッ、首筋に舌を這わせ、襟足を舐めまわす。さらに左右の乳首をつまんでやれば、奈美はあえぐことしかできなくなる。

4

けっこう長い時間、バックハグで乳房とうなじを愛撫していた。時計で計ったわけではないが、十五分くらいだろうか。

京太郎は勃起していた。まだズボンとブリーフに閉じこめられているから、苦しくてしようがなかった。早く次の展開に進めたかったが、ここで焦るのは愚の骨頂。女を感じさせたいなら、じっくり時間をかけるべきだと自分を励ました。

実際、効果はあった。バックハグから添い寝の体勢に移行すると、奈美の眼の下は生々しいピンク色に染まっていた。欲情露わな表情でハアハアと息をはずませ、先に風呂に入る話など忘れてしまったようだった。

「ぅんんっ……ぅんんっ……」

口を吸い、舌をしゃぶってやれば、ピンク色の顔が蕩《とろ》けていく。京太郎は腕枕をしている左手で乳首をいじりながら、右手を彼女の下半身に這わせていった。腰から下には、まだゴールドベージュのドレスをまとったままだ。

右手を裾の中に侵入させた。まずはざらついたナイロンの感触が迎えてくれる。〈磯の酒場〉の女将にストッキングはミスマッチな気がするが、逆にエロかった。それに、グラマーな奈美の太腿はむっちりと逞しい。ストッキングに包まれた状態で揉みしだくと、にわかにいやらしい気分が高まっていった。

「あああっ……はぁあああっ……」

奈美が不安げな顔で見つめてくる。内腿を撫でまわしている右手が、いまにも股間に到達しそうだからだ。京太郎はここでも時間をかけた。いくぞ、いくぞ、とフェイントをかけながら、左右の内腿だけをしつこいまでに撫でまわした。

「あううっ！」

ついに右手が股間に到達すると、奈美は甲高い声をもらした。あわてて両手で口を塞いだが、それほど気にすることはないだろう。

　ここは三階で、春彦夫妻が寝ているのは一階だ。そこまで声は届かないだろうし、届くとすれば二階の客室である。彼らは一期一会の人たちだし、他の客が夫婦生活を営んでいると考えるはずだ。従業員同士がセックスしていると突きとめて、オーナー夫婦にクレームを入れるような展開は、ちょっと考えづらい。

　右手の中指で、女の割れ目をなぞりはじめた。パンティとストッキング、二枚の薄布越しにも、奈美の花が熱くなっているのがわかった。すうっ、すうっ、と指を動かすほどに、ドレスの裾の中にも熱気がこもっていく。

「ああんっ……あああああっ……」

　奈美があえぐ。身をよじると剝きだしになっている巨乳が、上下左右にバウンドする。悩殺的な光景だったが、眼福を嚙みしめている場合ではなかった。京太郎は腕枕をしている左手で左の乳首をつまみ、手前にある右の乳首を口に含んだ。左右の乳首をねちっこく刺激しながら、しつこく割れ目をなぞりつづければ、奈美の反応も激しくなってくる。

「ああっ、いやっ！　あああっ、いやあああっ……」

　いやいやと首を振りつつも、気持ちよさそうに身をよじる。可愛い顔はすでに真っ赤に染まりきり、耳や首まで同じ色になっている。

京太郎は奈美の首の後ろから左腕を抜き、上体を起こした。もちろん、下着を脱がせて生身の花をいじるためだ。

ところが……。

「まっ、待ってて！」

奈美はハッと我に返った様子で、上体を起こした。いままで投げだしていた両脚をたたみ、裸の胸を両腕で隠す。予想通り、彼女の巨乳は女の細腕では隠しきれず、白い乳肉が盛大に見えていた。

「おっ、お風呂に入らせて」

まだ言うか、と京太郎は内心で溜息をついた。

「汗の匂いなんて気にしませんよ」

「あなたが気にしなくても、わたしが気になるの」

「ここって湯船が大きいから、お湯が入るまで時間かかりますよ」

「じゃあシャワーだけでいい。すぐ戻ってくるから、ね、ね」

奈美は逃げるようにベッドから飛びおりると、そそくさとバスルームに向かった。脱兎《だっと》の勢いだった。

「……ふうっ」

京太郎は深い溜息をついた。セックスを中断するのは興醒めだと思ったが、嫌がっている女に無理強いをすることはできなかった。

　奈美はなかなか部屋に戻ってこなかった。もう二十分近くバスルームにこもっている。

　シャワーで軽く汗を流すだけかと思ったのに、体中をピカピカに磨きあげようとしているのだろうか？　あとでふたりでゆっくり湯船に浸かろうと思っていた京太郎は、次第に苛々《いらいら》しはじめた。

　奈美がシャワーを浴びたのに、自分だけは浴びないというのはどうか？　という問題もあった。つまり、奈美が部屋に戻ってきたら、入れ替わりでバスルームにいかなければならないのだ。

　絶対に三分で出てやるつもりだが、その三分が惜しかった。こちらは彼女が一階のレストランで給仕をしているときから、興奮しっぱなしだったのだ。ようやくふたりきりになれたのに、ここへ来てのおあずけはつらすぎる。

　奈美がバスルームに消えて三十分が経った。

　京太郎はついに我慢の限界を超え、服を脱ぎはじめた。こうなったらバスルームに乗りこんでやろうと、ブリーフまで一気に脚から抜くと、勃起しきったペニスが唸りをあげて反り返った。我慢汁を漏らしすぎたらしく、亀頭がテラテラと濡れ光っていた。自分の持ち物ながら卑猥だと思った。

ずんずんと大股歩きでバスルームに向かった。曇りガラスの向こうに肌色が見えた。こちらに背中を向けて立っているようだった。鍵はついていないので、レバーハンドルをつかんでドアを開けた。

「きゃあっ！」

奈美が悲鳴をあげて振り返った。驚いて眼を丸くしているのはいいとして、彼女は髪を洗っていた。頭に真っ白い泡を被っているようだった。

「なっ、なに？」

「遅いから迎えにきました」

京太郎はドアを閉めると奈美に身を寄せていき、前から抱きしめた。洗髪中の姿が妙に色っぽく、自分を抑えることができなかった。洗髪中の女なんていままで一度も見たことがないから、非日常感がすごい。

「ねえ、待って。いま髪を洗ってるじゃない」

「もう待てません。髪なんか洗ったら、それを乾かすのにまた時間かかるじゃないですか」

「そうだけど……あううっ！」

奈美が鋭い悲鳴をあげたのは、京太郎が股間に触れたからだ。右手の中指を女の割れ目にぴったりと密着させた。

濡れていた。お湯とは違うヌルヌルした粘液が、割れ目のまわりまで滲みでてきている。体中をピカピカに磨きあげ、髪まで洗いながらも、彼女の欲情はキープされていたらしい。

ならば、と中指を動かす。尺取虫のように割れ目の上を這わせては、花びらを左右に開いていく。それに隠されていた部分から、一気に蜜があふれてくる。

「あああっ……いっ、いやよっ……お願いだから待っててっ……髪を洗うまで部屋でっ……部屋でっ……あうううううーっ！」

奈美は立っていた。両脚もそれほど開いていない。むっちりした太腿をぎゅっと閉じて防御しようとしたが、その前に中指はクリトリスをとらえていた。あふれた蜜を潤滑油にして、ねちねち、ねちねち、と転がしてやる。

「ああっ、いやっ……あああああっ……」

汗を流すためにセックスを中断した奈美でも、女の急所中の急所をいじりまわされては、快楽に翻弄されるしかなかった。今度こそ逃がさない、と京太郎はすべての神経を右手の中指に集中させた。

だが、多彩な愛撫を披露しようにも、奈美が左右の太腿で右手をぎゅうぎゅう挟んでくるから、クリトリスくらいしか刺激できない。

「うんんっ……」

京太郎は奈美にキスをした。舌をしゃぶりまわすディープな口づけをしつつ、隙をついて片脚を持ちあげた。すぐ側に、浴槽の縁があった。そこに足をのせさせれば、股間が無防備になる。

「あああっ……」

奈美は一瞬、バランスを崩しそうになり、泡だらけの両手で京太郎にしがみついてきた。いい感じだった。京太郎も左手で彼女の腰を抱きながら、右手で股間をいじりまわした。中指と人差し指で割れ目を開いては閉じ、閉じては開く。興奮に肥厚している花びらを指の間でこすりまわし。さらには中指の先端で、浅瀬をヌプヌプと穿ってやる。

「ああっ、いやっ！　あああああっ、いやああああーっ！」

狭いバスルームにあえぎ声を響かせて、奈美はよがりによがった。時折驚くほど初々しい反応を見せる彼女も、三十歳の人妻だ。女の花に指を入れられれば、腰が動きだす。体は刺激を求めている。

奈美のボルテージがあがっていくのに呼応して、京太郎は中指を深く沈めていった。奥を掻き混ぜると、奈美はひいひいと声を絞った。ゆうべ、中イキの快感に目覚めた彼女は、奥が感じるようになったのかもしれない。

となると、もう少し刺激的な愛撫のほうが……。

「あっ、あのうっ……」

声をかけると、瞼を閉じていた奈美はおずおずと薄眼を開けた。

「絶対クンニはしませんから……それだけは約束しますから……だからちょっと僕にまかせて」

答えを待たずに、京太郎は奈美の足元にしゃがみこんだ。彼女が羞《は》じらう前に、形をつくりたかった。右手の中指を深々と埋めこみ、鉤状に折り曲げた。Gスポットの位置はわかったが、まだ強く刺激しない。その前に、左手の中指をクリトリスにあてがった。恥丘を挟んで内側からと外側からの同時攻撃は、女にとってたまらなく気持ちがいいはずだ。

「はっ、はぁうううううーっ！」

右手の中指でGスポットを押しあげると、奈美はのけぞった。豊満な乳肉をタプタプと揺らし、激しいまでに身をよじった。

手応えを感じた京太郎は、ぐっ、ぐっ、ぐっ、とリズムに乗ってGスポットを押しあげた。そうしつつ、今度は左手の中指でクリトリスをいじりはじめる。まだ包皮を被った状態だったが、無理に剝く必要はなかった。

そんなことをしなくても、どうせ剝けてくる。ねちねち、ねちねち、といじりまわしていれば、そう遠くないうちに……。

「ああっ、いやっ！　ああああっ、いやああああーっ！」

奈美は淫らな声をあげ、グラマラスなボディをいやらしいほどよじりまわした。巨乳が胸ではずんでいた。くびれた腰もガクガクと震え、そのうち体中が小刻みに痙攣しはじめた。

「ああっ、イクッ！　そんなにしたらイッちゃうっ……イッちゃう、イッちゃう、イッちゃううううーっ！　はっ、はぁあああああーっ！」

ビクンッ、ビクンッ、と腰を跳ねさせ、奈美はオルガスムスへ駆けあがっていった。片足を浴槽の縁にのせた恥ずかしすぎる格好で、男の指を咥えこんだ股間を何度も何度も出張らせた。

洗髪中の頭は白い泡にまみれているから、見ようによっては滑稽《こっけい》だった。だが、滑稽さがいやらしさを増幅させるのだと、京太郎は初めて知った。なんだかエロスの極みを見せつけられている気分だった。京太郎は熱い視線で奈美を見上げながら、彼女がイキきるまで両手の中指を動かしつづけた。

5

京太郎は奈美の中から指を抜いた。

とはいえ、バスルームからベッドに移動するつもりはなかった。

奈美はまだハアハアと息をはずませ、ピンク色に染まった顔にアクメの余韻をありありと残している。グラマラスなボディは熱く火照《ほて》り、立っているのもつらそうだったが、このまま一気に最後まで駆け抜けてしまいたい。

「ひどいよ、わたしばっかり……」

奈美は恨みがましい眼で見つめてきたが、

「でも、気持ちよかった」

照れくさそうな笑顔を浮かべてささやいた。

「続きをしてもいいですか？」

「いいけど……」

奈美はつぶらな瞳をくるりとまわし、

「ちょっとわたしにもさせて……」

京太郎の足元にしゃがみこんだのでびっくりした。この流れはフェラチオではないのか？　クンニがＮＧの奈美は、当然フェラもＮＧだと思っていたのだが……。

「すごい勃ってる……」

奈美は自分の顔の前で反り返っているペニスを、横眼でチラチラと見た。照れているというか、恥ずかしそうというか、おずおずとペニスに手を伸ばし、肉棒をぎゅっと握りしめた。

「おおうっ！」

京太郎は声を出してしまった。

「ごっ、ごめんなさい。強く握りすぎた？」

「はっ、はい……」

「やったことないから、わたし……こういうこと……」

「やらなくてもいいですよ」

「ううん」

奈美はきっぱりと首を横に振った。

「京太郎くんにも気持ちよくなってもらいたいし……」

少し考えてから言葉を継いだ。

「わたし自身、そういうところ直していかなきゃと思って……」

「そういうところ？」

京太郎は首をかしげた。

「エッチするとき、あれは嫌とか、これは恥ずかしいとか、絶対にやめてとか、そういうことばっかり言う女なの、わたし……だから夫も他の女に走っちゃったのかなって……反省してるところもあって……」

港々に女ありの男が、フェラをしたくらいで浮気をしなくなるわけがないと思ったが、三十歳の人妻のファーストフェラはいただきたいので黙っていた。

「舐めればいいのよね？」

ペニスを握りながら、上眼遣いで訊ねてくる。

「そうです……舐めてから、咥えてしゃぶるというか……」

「わかった。やってみる」

奈美はまなじりを決し、ふーっとひとつ息を吐きだした。ピンク色の舌を差しだし、怖々と裏筋のあたりを舐めてきた。

舌がこわばっていた。裏筋に緊張が伝わってくる。

「ソッ、ソフトクリームでも舐める感じで……もっと気楽にペロペロしてもらえればいいと思います……」

京太郎が声をかけると、

「……うん」

奈美はきゅうっと眉根を寄せ、舌を動かしはじめた。ソフトクリームを舐めるようにというアドバイスがよかったようで、ペロペロ、ペロペロ、亀頭を舐めてくる。あっという間に、唾液にまみれてテラテラと濡れ光りだす。

「おおおっ……」

京太郎は声をもらし、腰を反らせた。決してうまい舌使いではなかったが、初々しさが興奮させる。本当にこれが彼女のファーストフェラなのだ。三十歳になるまで、男の器官を舐めたことがなかったのである。

「むっ、無理しないでいいですよ……」

そっと声をかけてみる。本当はもっとやってほしかったが、奈美がフェラチオ嫌いになることが怖かった。無理やりフェラチオをさせられたせいで嫌いになったという女の話は、よく耳にする。

「ね、もういいですから……」

「ううん」

奈美は首を横に振り、

「咥えてしゃぶるんでしょ？」

口を大きく開き、苦しげな表情で亀頭を頬張った。生温かい口内粘膜を感じ、京太郎の腰がまた反っていく。

「ぅんんっ……ぅんんっ……」

唇をスライドさせても、奈美のフェラはうまいという感じではなかった。全長の半分も咥えていないし、口内で舌も動かさない。唾液を使ってじゅるじゅると音をたてるような技もない。

だがしかし、ヴィジュアルがすごかった。頭は白い泡を被っているようだし、可愛い顔はいやらしく歪んでいる。必死になって唇をスライドさせている様子が、なんともエロい。カリのくびれにつるつるした唇の裏側をこすりつけられていると、拙《つたな》いフエラでも次第に気持ちよくなってきた。

「もっ、もういいですっ！」

京太郎はたまらず声をあげ、奈美の口唇からペニスを抜いた。暴発してしまいそうだった。興奮や快感はテクニックとはあまり関係ないのかもしれない。本当にいても立ってもいられなくなってしまった。

「立ってください」

奈美の腕を取り、立ちあがらせる。壁に両手をつかせ、尻を突きださせれば、立ちバックの体勢が整う。

「いっ、入れるの？」

奈美が困惑顔で振り返ったので、

「はい」

京太郎はうなずいた。

「その前に、頭の泡、流しちゃダメ？」

「京太郎くんって……けっこう興奮するんですよ」

奈美が眉をひそめた。

「もしかして変態？」

「いやいや、そんなことないですけど……」

京太郎はペニスを握りしめ、切っ先を濡れた花園にあてがった。変態の誹《そし》りを受けてもしようがないのかもしれなかった。洗髪中の女と立ちバックなんて、アブノーマルと言えばアブノーマルだろう。

だが、いまばかりはどんな誹りを受けても、引く気にはなれなかった。NGだと思っていたフェラまでされて、興奮状態はレッドゾーンを振りきっている。

しかし……。

立ちバックで繋がることに、ちょっとした違和感を覚えた。奈美の腰は蜜蜂のようにくびれているし、ヒップもボリューミーだから、後ろからの眺めもたまらなくエロティックだ。

とはいえ、そのバスルームには鏡がなかった。セックスしながら奈美の顔が見えない。見えるのは白い泡だらけの後頭部であり、これではせっかく洗髪中の女を抱いている意味がない気がする。

顔を見ながらまぐわうための選択肢はふたつだった。洗面所に行って鏡の前で立ちバック——だがこれは床が汚れそうだし、よくよく考えてみれば、奈美に鏡を見せるのは危険な気もする。頭が泡まみれの状態でセックスすることを、嫌がられるのではないだろうか？　パンスト姿と同じで、洗髪中の女の姿は、男は興奮しても、女にとっては見られたくない楽屋裏だ。

ならば……。

「すいませんけど、奈々美さん、またさっきの格好になってもらえます？」

奈美にこちらを向かせ、片足を浴槽の縁にのせてもらった。狙いは正面からの立位である。そんなアクロバティックな体位、ＡＶでしか観たことがないが、挑戦してみるしかないだろう。

「えっ？　ええっ？」

戸惑っている奈美の正面から身を寄せていき、ペニスをつかんで狙いを定める。二度ほどアタックに失敗したが、三度目でずぶっと亀頭が埋まりこむと、そのままスムーズに入っていけた。

「なっ、なに？　なんなの……」

奈美はまだ戸惑っている。戸惑いながら結合の衝撃に耐えている。京太郎は浴槽の縁にのせているほうの彼女の脚に手を伸ばした。抱えこむようにして持ちあげれば、結合がぐっと深まり、

「あううううーっ！」

奈美が喉を見せてのけぞった。後ろに倒れそうになり、あわてて京太郎の首根っこにしがみつく。

対面立位の完成である。だが、喜ぶのはまだ早かった。この体勢でピストン運動ができるかどうかが大問題だ。

京太郎は腰を使いはじめた。意外なほどうまく動けた。いや、ほとんど本能で動かしていた。興奮のままに……。

「ああっ、いやっ……あああっ、いやあああっ……」

珍しすぎる体位で結合していることを、奈美は羞じらっていた。羞じらいながらも感じている彼女の顔がいやらしすぎて、京太郎は鼻息も荒くペニスを抜き差しした。ぐいぐいと律動を送りこんでやると、

「なっ、なんなのっ！　なんなのこれえええええーっ！」

奈美はいまにも泣きだしそうな顔で、戸惑いに戸惑う。だが、彼女は感じている。

眼の下をねっとりと紅潮させ、小鼻まで淫らなほどに赤く染めて、あんあんとあえぎ声がとまらない。

だが、感じれば感じるほど、体勢は不安定になっていった。奈美の脚がガクガクと震えるのだ。一本脚で立っているのでそれもしようがないのだが、このままではふたり揃って倒れてしまいそうだ。

そこで京太郎は、立っている位置を変えた。奈美の背中を壁に押しつけた。壁に寄りかかれるようになったことで、にわかに立位が安定した。

「ああっ、いいっ！　気持ちいいいいーっ！」

意識が快感に集中しはじめた奈美は、ピンク色に染まった顔をくしゃくしゃにしてよがり泣いた。ぐいぐいと律動を送りこむほどに、巨乳を上下に揺れはずませてあえぎにあえぐ。

バウンドする巨乳が胸にあたっているのは気持ちよかったが、京太郎はいまひとつその体位に乗りきれていなかった。正常位、騎乗位、バックといったオーソドックスな体位に比べ、片脚を持ちあげた立位は結合感が浅いのだ。

やはりフィニッシュは立ちバックか――そう思いはじめたときだった。京太郎はハッと閃《ひらめ》いた。いましている体位もアクロバティックだが、もっと過激な体位があるではないか。対面立位と同様、やったことはないが、ＡＶで何度も観ている……。

駅弁である。

腕力に自信があるわけではないが、奈美の背中を壁に押しつけているいまの状態なら、できるのではないだろうか？　後ろが壁ということは、奈美が後ろに倒れる可能性はない。事故が起こりえないシチュエーションなら、チャレンジしてみる価値はあるはず……。

「えっ　えええっ？」

立っていたほうの脚も抱えこむようにして持ちあげると、奈美は欲情に潤みきった眼を真ん丸に見開いた。

「ちゃんとつかまっててくださいね」

京太郎は浮かせた女体を突きあげた。両脚をM字に開いたことで、結合感がぐっと深まった。しかも、最奥まで亀頭が届いている。重力が味方してくれるから、奈美の体を浮きあがらせることだけに集中すれば、あとは勝手に深いところにあたってくれるのだ。

グラマーなスタイルをしているのに、奈美の体は思ったよりも軽かった。加えて、洗髪中のシャボンが背中に流れこみ、背中と壁にすべっている。それを利用して、奈美の体を浮きあがらせた。腰を使って突きあげるというより、シャボンを潤滑油にして女体を上下運動させる感じだ。

「はっ、はぁうううううううーっ！」

奈美が両腕に力をこめてしがみついてくる。

「あっ、あたってるっ……いちばん奥に届いてるっ……おっ、おかしくなるっ……おかしくなっちゃうううううーっ！」

京太郎はまばたきも呼吸も忘れ、駅弁スタイルに没頭していった。頭が白い泡まみれの滑稽な状態でよがりによがっている奈美の顔が、いやらしすぎて眼を離せない。やはり、前から繋がってよかった。この顔を思いだすだけで、何度でもオナニーができそうなくらいだ。

「イッ、イキそうっ……わたしイッちゃいそうっ……」

奈美が切羽つまった眼つきで見つめてきたので、

「イッてください」

京太郎はうなずいた。

「僕も出そうですからっ……もうすぐですからっ……」

「イッ、イクねっ……先にイクねっ……」

奈美はいまにも泣きだしそうな顔で言うと、ぎゅっと眼をつぶった。

「イッ、イクッ……イクイクイクイクイクッ……はぁあああああああーっ！　はぁあああああーっ！」

のけぞっていく奈美の背中を壁にすべらせた。落ちてくるときに、ペニスが肉穴を深く貫く。気持ちがよすぎてもう我慢できない。

京太郎は動きをとめ、ペニスを引き抜いた。

もちろん、膣外射精をするためだったが、その前に奈美の足を床につけなくてはならなかった。それにはなんとか成功したが、オルガスムスの余韻で奈美は足元が覚束《おぼつか》ず、よろめいている。

京太郎はかまっていられなかった。奈美を気遣うのは後まわしにして、彼女の漏らした蜜でネトネトになった肉棒をつかんだ。思いきりしごきたてた。

「おおおっ……出るっ……もう出るっ……」

そのとき、奈美の膝が折れてずるずると下に落ちていった。しゃがみこもうとしたようだが、しゃがみこんだら眼と鼻の先に天狗の鼻のように屹立したペニスがくる。京太郎に向きを変える余裕はなかった。

「おおおうううーっ！」

雄叫びをあげて射精した。ドピュッと音さえたてそうな勢いで放たれた白濁液が、奈美の顔にかかった。ほんのちょっとではなかった。ドピュッドピュッドピュッと続けざまに放たれた男の精は、まるでコンデンスミルクをスプーンで五杯も六杯もぶちまけたように奈美の顔を汚した。

奈美は眼を開けていられなくなった。

射精が終わると、気まずい沈黙が訪れた。

京太郎はどうしていいかわからなかった。とりあえずタオルを取り、自分の放出したものを拭おうとすると、

「……やったわね」

奈美が眼をつぶったままボソッと言った。咎めるような言葉だったが、口許は笑っていた。どうやら顔を汚されたことよりも、京太郎が大量な男の精を放出したことが嬉しいようだった。

第六章　こんなに好きなのに

1

二週間が過ぎた。

中部地方に梅雨《つゆ》入り宣言がされても晴天ばかりが続き、「今年はカラ梅雨だ」という世間話があちこちでされていた。

京太郎と奈美の毎日はきわめて順調だった。宿泊施設の仕事はそれなりにハードだが、時間的にはゆったりしている。忙しい時間と暇な時間のメリハリがあって、昼間に二、三時間の休憩をとれるのがよかった。ペンションではランチは出していないので、スタッフ全員で昼食を食べてから、あるいは春彦につくってもらった弁当を持って、奈美とふたりでよく散歩に出た。

実のところ、その避暑地にはにぎやかな商業施設やおみやげ通りなど、デートスポットがたくさんある。だが、奈美が苦手そうなので、もっぱらペンションのまわりの山道や草原を歩いた。京太郎も、自然と触れあいたい気分だった。空気はきれいだし、気分がよかった。

そんなある日の朝。

京太郎が庭のアプローチをホウキで掃いていると、一本の電話がかかってきた。以前から電話はたくさんかかってきていたが、両親からのものは出られないし、友達ともあまり話したくなかったので、基本的には出なかった。

しかし、そのときの相手は難波慎吾《なんばしんご》だった。元働いていた会社の、直接の上司である。大学を卒業したばかりの京太郎を、社会人として一人前に育ててくれた恩人と言ってもいい存在だから、電話に出ないわけにはいかなかった。

「京太郎、いまなにやってるんだ？　再就職先は決まったか？」

よく通る声でさわやかに訊ねられ、

「いや、それが……まだなんです……」

京太郎は口ごもってしまった。

会社をやめたとき、いちばん心配してくれたのが、他ならぬ難波だった。京太郎は中堅規模のＩＴ企業でＷＥＢデザイナーとして働いていた。直接の上司である難波は京太郎の仕事を評価してくれていたのだが、その上にいる上司がどうにも京太郎のデザインを気に入らないようで、いちいち口を挟んできたり、ダメ出ししてきたりした。他業種から転職してきた、デザインのデの字もわからない老害だった。

よくある話だろうと京太郎は思って耐えていたが、我慢や辛抱にも限界があり、何年も続くと仕事のモチベーションが落ちてきて、結局、嫌気が差してやめてしまったのである。

「実はな、京太郎。俺も会社をやめちまったんだ」

「えっ？」

京太郎は驚きを隠せなかった。難波は完全に出世コースに乗っており、いずれ役員になるだろうと言われていた男なのだ。

「独立して自分の会社をつくるためにやめた。新宿にオフィス代わりのマンションを借りて、来月からいよいよ本格的な仕事にとりかかる。営業、プログラマー、雑務をやってくれるバイトの女の子まで含めれば、五人ばかり仲間がいる。だが、WEBデザイナーが足りない」

「……そっ、それって？」

「一緒にやらないか、京太郎。俺はおまえのデザインを誰よりも高く買っていたつもりだ。力を貸してくれ。最初は零細企業だろうが、もちろんいつまでもそのままにしておくつもりはない。一緒に夢を見ようぜ」

「……はあ」

京太郎は空気が抜けるような力ない声で返した。

「おいおい、なんだよ。まだ失業中なら、絶対喜んでもらえると思ってたんだがな、いまの話」

「失業中なんですけど、バイトはしてるんですよ」

「んっ？」

「ペンションのアルバイト、親戚が経営してまして」

「そのペンションを継ぐとか、そういう話があるのか？」

「いやいや、そんなことは全然ないんですけど……」

「だったらいいじゃないか。バイトなんてやめてうちで正社員になれよ。いままでのキャリアを活かせる絶好の環境だぞ。バイトで一生食えるのか？　食えないだろ」

「……はあ」

京太郎はやはり力のない声で答えを濁すしかなかった。なるほど、たしかにここのアルバイトを一生続けることはできない。いずれは正社員になるため、就職活動を再開するしかないのだが、いまは嫌なのだ。

昼は奈美と一緒に働き、夜は彼女と眠る生活が、楽しすぎるのである。幸せってやつを、生まれて初めて実感していると言ってもいい。

もちろん、奈美を連れて東京に戻り、難波の会社で働くという選択肢もあるだろう。高層ビルなど見当たらない郊外にアパートを借りれば、彼女だって怖がってしゃがみこんだりしないかもしれない。いずれはそういう形で東京に戻ればいいとぼんやり考えているが、まだ時期尚早すぎる。いまの奈美は、「東京」というワードを出しただけで、顔をしかめる。完全にトラウマになっている。

「すいませんが、難波さん、他をあたってください」

断腸の思いでそう告げると、

「嘘だろ、おい……」

難波は悲しそうな声で言った。

「新会社の計画には、完全におまえも頭数に入ってたんだよ。先月電話したときも、まだ就職先が決まってないって言ってたろ」

「言ってましたけど……」

タイミングが悪いとしか言い様がなかった。独立して新会社を起ちあげる気があるならあるで、もっと早くに打ち明けてくれればよかったのだ。先月声をかけてくれれば、京太郎の人生はいまとはまったく違ったものになっていただろう。紗月と駆け落ちなんてしなかっただろうし、ということは奈美とも出会わなかった。

「それじゃあ、掃除の続きをしなくちゃいけないんで……」

京太郎は電話を切った。心の中で、申し訳ありません、と土下座しながら。

「どうかしたの？」

背中から声をかけられた。振り返ると、やっちゃんがじょうろを持って立っていた。庭の花に水をやりにきたらしい。

「なんか深刻そうに話していたけど、大丈夫？」

心配そうに眉をひそめて訊ねてくる。

「いやいやべつに……」

京太郎は苦笑した。

「前の会社の上司が電話してきたんです。独立して新会社つくるから、一緒に働かないかって」

「あら、いい話じゃない？」

やっちゃんは相好を崩した。

「再就職先、なかなか決まらなかったんでしょ。前の会社の上司の人が起業する会社なら、キャリアも活かせそうだし」

「まあ、そうなんですけど……いまはそういう気になれなくて……」

「どういうこと？」

「ここでの毎日が楽しすぎるから……」

やっちゃんはふーっと長い溜息をつくと、

「ねえ、京太郎くん。楽しいのはよくわかるし、いまはそれでいいかもしれないけど、将来のこともきちんと考えないとダメよ」

「……はあ」

「お説教くさいこと言いたくないけど、三十歳も近いんだから、これからどんどん就職活動が厳しくなっていくわよ。わざわざ電話して誘ってくれる人がいるなら、期待に応えようって奮い立ったほうがいいんじゃないかしら」

「……そうかもしれませんが」

「春彦さんにも相談してみたら？」

「いいえ」

京太郎はきっぱりと首を横に振った。

「これは僕の問題で、相談なんかするまでもなく、答えは決まってるんです。春ちゃんややっちゃんがおまえなんか馘《くび》だっていうなら、出ていくしかないですけど、そうじゃないなら、もう少しここにいさせてください」

「それはいいけど……」

やっちゃんは力なく笑った。

「そうやって若い時間を無駄に過ごしているうちに、人生がにっちもさっちも行かなくなっちゃうこともあるのは忘れないでね」

「……はい」

京太郎はうなずいたが、気持ちはピクリとも動かなかった。たとえ人生がにっちもさっちも行かなくなっても、いまは奈美と一緒にいたい。仕事ではなく、愛に生きたいのである。

2

それから三日後のことだ。

京太郎は朝から機嫌が悪かった。

昨日の夜、奈美と愛しあえなかったからである。

ディナーに来た三十代の夫婦がいた。レストランだけを利用する客だ。その夫婦がクルマで来たにもかかわらずふたり揃って泥酔した。運転代行で帰るつもりだったらしいがそういうときに限って予約がとれず、二階の客室も六部屋全部埋まっていて、結局、京太郎が家まで送り届けたのである。

深夜料金を含めると一万円近くかかる帰りのタクシー代は客に払ってもらったが、タクシーに乗ったら乗ったで運転手が道に迷いまくり、帰ってきたのは午前零時を過ぎてからだった。

奈美は寝ていた。朝の六時から働いているのだから、当然である。当然ながら、あまりの理不尽さにはらわたが煮えくりかえってしようがなかった。駆け落ち前夜からの、連続メイクラブ記録が途絶えてしまったではないか……。

だが、禍福はあざなえる縄のごとしとはよく言ったもので、朝食のバイキングの時間が終わると、京太郎。春彦に声をかけられた。

「なあ、京太郎。今夜は泊まり客なし、ディナーの客もふた組しか入ってないから、おまえ、オフにしていいぜ」

「えっ？　ホントに？」

京太郎は小躍りしそうになった。ペンションの仕事は昼間に長い休憩がとれるが、丸一日休みというのがないのだ。

「ゆうべは面倒かけたからな。ご褒美にこんなものも進呈してやろう」

春彦が渡してきた封筒には、ホテルの名前が印刷されていた。界隈でいちばん格式が高いとされているリゾートホテルだ。封筒の中には、ディナーつき宿泊クーポン券が二枚入っていた。

「マジでこんなのくれるの？　高いんじゃない？」

「地元の宿泊施設繋がりで、そこそこ安く手に入るんだ」

「本当はわたしたちふたりで泊まろうと思ってたんだけどね」

いつの間にかやっちゃんが近くに立っていた。

「奈美ちゃん、このあたり全然観光してないんでしょ？　今日はいろんなところ連れていってあげなさいよ」

「そう言われても……」

京太郎は笑うしかなかった。このあたりを観光するためにはクルマが必要なのだ。駅前まで行けばレンタカーを借りることができるが、バスで一時間以上かかる。レンタカーを返しにいったら、帰りはまたバスで一時間である。さすがに面倒くさい。

「俺のクルマを貸してやるよ」

春彦がニヤリと笑った。

「えっ？　嘘でしょ。春ちゃんのクルマってＢＭＷじゃ……」

高級車というだけではなく、春彦はクルマをとても大切にするカーマニアで、基本的には人に貸すことがない。にもかかわらず、

「ぶつけたりしたら承知しないぜ」

ＢＭＷのエンブレムの入ったスマートキーを渡してきた。

「好きになってもらいたいのよ、この町を……」

やっちゃんがまぶしげに眼を細めて言った。

「奈美ちゃんにも、あなたにも……せっかくここで働いているんだもん」

「……ありがとうございます」

京太郎は心から礼を言った。本当にありがたい話で、目頭が熱くなりそうだった。


早速、奈美に声をかけてドライブに出かけた。ドイツが誇る高級スポーツカーの乗り心地は最高で、高原を見渡せる道を飛ばしているとスカッとした。

「うわっ、すごい加速！」

助手席で奈美も眼を丸くしている。

「あのさあ！」

京太郎はハンドルをさばきながら声を張った。

「今日は、観光地みたいなところをまわってみようと思うんだよね……ペンションのまわりには雑木林と草原しかないじゃん。そういうところじゃなくて、もうちょっとにぎやかな……」

デートスポットみたいなところ、と言いかけてやめる。ドライブに出かける前、京太郎はスマホで検索したのだ。ズバリ、この町のデートスポットを。

「大丈夫」

奈美はクスッと笑った。

「高層ビルさえなければ、怖くないから」

「そう……よかった……」

京太郎の運転するBMWがまず向かったのは、絶景で有名な湖と滝だった。それから、歴史ある教会を見学にいくと、ウエディングドレスを着た花嫁がライスシャワーを浴びていた。ジューンブライドだ。敷地の外から少し眺めていた。花嫁がブーケを投げると歓声が起こり、キャッチした女の子に万雷の拍手が送られた。

「綺麗だね……」

奈美も手を叩いている。頬が紅潮していた。漁師の夫と結婚式を挙げたのかどうか、京太郎は気になったが訊ねることはできなかった。

教会通りは旧商店街で、現在はおみやげ屋が並ぶ町でいちばんにぎやかな場所だ。奈美はキョロキョロと視線が定まらず、クレープ屋を見つけると興味津々の表情で近づいていった。

「食べますか？」

京太郎が声をかけると、

「食べたことないけど……挑戦してみようかな」

奈美は好奇心に眼を輝かせた。観光客でにぎわう通りを、クレープを食べながら肩を並べて歩いた。

途中、奈美は躓《つまず》きそうになった。前のめりになった瞬間、クレープの生クリームが鼻の頭についた。そういうことは、駆けだしのアイドルがわざとやるものだと思っていた京太郎は、少し感動した。本当にやる人がいるんだ……。

「わたし、こんなドラマに出てくるみたいなデートしたの、初めて……」

鼻の頭に生クリームをつけたまま奈美が言った。

「ずっと田舎にいたからね。デートっていっても行くところないし、彼が二万円で買ってきた中古のバイクの後ろに乗ってた記憶しかないなあ。行き先は決まってて、ちょっと離れたところにあるゲームセンターかボーリング場」

「僕だって、こんなに楽しいデートしたことないですよ。これまでの人生で」

「本当？」

「モテなかったし、お金もなかったし……」

「モテなかったんだ？」

「恥ずかしながら」

「ふふっ……」

奈美が得意げに胸を張った。

「わたしはモテたわよ。高校時代は告白に次ぐ告白で……」

「鼻の頭に生クリームついてますよ」

「えっ？」

　奈美はあわてて鼻の頭の生クリームを指で拭い、その指をペロッと舐めた。眼を見合わせて笑う。

　その後、ショッピングモールを少し冷やかして、ホテルに着いたら日が暮れていた。すぐにディナータイムとなり、フレンチのフルコースに挑んだ。格式の高いホテルなので、ドレスコードがあった。京太郎は春彦から夏物のジャケットを借りてきており、奈美はやっちゃんが貸してくれた黒いドレスに着替えた。

　料理も舌が蕩けるほどおいしかったが、それ以上にムードがすごかった。間接照明の薄暗い店内に、生演奏のピアノの音が静かに響いていた。テーブルにはキャンドルが灯《とも》り、揺れる炎の向こうに、ドレスアップした奈美の姿が見えた。

　綺麗だった。

〈磯の酒場〉で初めて奈美を抱いたときは、普段は威勢のいい彼女の弱い部分を見せられて、気持ちを惹きつけられた。力になりたい、支えになりたいという思いが強く、決していやらしい気持ちだけで抱いたわけではなかった。正直言って、紗月のほうが美人だったし……。

　だが、いま目の前にいる奈美は、掛け値なしに綺麗だった。元々可愛い顔立ちをしているし、男好きするスタイルをしているのだが、駆け落ちをしてから、どんどん綺麗になっていく気がする。

もちろん、やっちゃんというおしゃれの先生に、服装選びはもちろん、髪のセットの仕方やメイクの方法などを教わっているおかげもあるだろう。

だがそれ以上に、気持ちの充実が奈美を輝かせているのではないだろうか？　女は恋をすると綺麗になるという。奈美が恋している相手は、他ならぬ京太郎である。

毎日がラブラブだった。隙をついて勝手に尻を触るような真似は二度としなかったが、仕事中でもすれ違い様に手を握ることがよくあった。そうでなくても、眼と眼が合えば微笑みあった。

ゆうべは抱けなかったが、それまではメイクラブの連続記録を日々更新していた。愛しあっている実感があったし、それは彼女も同じだと思う。夫の浮気に悩んでいた奈美だからこそ、砂漠に水が吸われていくように、京太郎の愛が染みているのではないだろうか？

デザートまですっかり平らげると、腹をさすりながら部屋に戻った。普通のツインルームだったが、窓から庭を飾っているイルミネーションが見えた。食べ疲れた京太郎はすぐにソファに座ってしまったが、奈美は窓辺に立ったまま、キラキラと輝く電飾を長い間眺めていた。

たしかに綺麗な夜景だったが、三十分以上眺めていたのではないだろうか？　京太郎の視線は、黒いドレスを着た奈美の後ろ姿に釘づけだった。満腹感がおさまってくると、むらむらと欲望がこみあげてきた。

「よく飽きないですねえ……」

京太郎はソファから立ちあがり、奈美の背中に近づいていった。黒いドレスは肩から腕に透ける生地を使っているので、大人っぽく見える。もちろん、彼女は三十歳の人妻だからそもそも大人なのだが、いつも以上に色香が匂う。

「眼に焼きつけておきたいの……」

奈美が言った。どういうわけか、声が震えていた。

「この夜景だけじゃなくて、今日見たものは、きっと一生忘れない……」

「僕もですよ」

後ろから抱きしめた。柔らかな感触と髪から漂ってくる甘い匂いに、京太郎は心癒やされた。

「わたしね……」

奈美の声はやはり震えている。

「明日、地元に帰ろうと思う」

「……えっ？」

京太郎は一瞬、自分の耳を疑った。前を向いている奈美の体を反転させ、こちらを向かせた。ひどく悲しげな眼つきで見つめてくる。

「最後にとっても素敵な思い出ができてよかった」

「どういうことですか？」

「やっぱり、わたしは地元を捨てられない。お店のことも気になるし……わたしがいなくなったら両親か兄弟がやってくれるだろうなんて言っちゃったけど、現実的にはたぶん無理なの。両親はもう体力的にきついし、ふたりいる兄もそれぞれ別の仕事してるしね。わたしがいなくなったら、〈磯の酒場〉は閉店……でもそうなると、夜に食事したりお酒飲んだりするお店が、町に一軒もなくなっちゃうじゃない？　常連さんたちのことを思うとやっぱり……胸が痛くて……」

京太郎はにわかに言葉を返せなかった。青天《せいてん》の霹靂《へきれき》とはこのことだ。こちらは元上司からの誘いも断り、愛に生きるつもりだったのに、相手が地元に戻ることを考えていたなんて、ショックすぎて頭がおかしくなりそうだった。

「ほっ、本当にお店が理由で帰るんですか？」

京太郎は上ずった声で訊ねた。感情的になっている自覚はあったが、それを抑える術《すべ》はなかった。

「じっ、実は元鞘《もとさや》に……漁師のご主人とやり直すつもりなんじゃないですか？」

「それはないな」

奈美は力なく首を横に振った。

「浮気者の心配して心が病《や》んでいく生活は、もうやめる。京太郎くんと一緒に過ごしてて、すごく楽しかった。世の中にはこんなに楽しいことがあるのに、ひとりでストレス抱えこんでいるのなんて馬鹿みたいだと思ったの」

胸を押さえ、長い溜息をついた。

「でも、それにしたって、一回きちんと話しあわないとね。結婚して十年、付き合っていたときから数えれば十五年も一緒にいた男だもん。黙って姿を消すとか、それはちょっとひどかったなって反省した」

「わかりました」

京太郎はまなじりを決して奈美を見た。

「じゃあ、僕も一緒に帰ります。〈磯の酒場〉で働かせてください。ご主人と離婚するなら、べつにいいでしょう？」

「ダメ」

奈美が首を横に振る。今度はきっぱりと……。

「あんな小さな町で波風立ててもいいことない。絶対に誰も得しない」

「でっ、でも……」

「それに、あそこはあなたの居場所じゃない。わたしね、あなたと駆け落ちして、いままで見たことがなかった世界をいっぱい見れた。ありがとうね。とってもキラキラしてて、東京の高層ビルさえいまじゃいい思い出。でもやっぱり、わたしがわたしらしく生きていける場所じゃないの。わたしはわたしの居場所に戻る。だから京太郎くん、あなたもあなたの居場所に戻って……」

奈美の眼からひと筋の涙がこぼれ落ち、ふっくらした頬を伝って顎のほうに流れていった。

「楽しかったあ……」

嚙みしめるように言うと、京太郎の胸に顔を押しつけてきた。

「毎日が夢でも見てるようだった。今夜で夢は覚めちゃうけど、もう少しだけ夢を見させて……最後に思いきり抱かれたい……ねえ、抱いて京太郎くん。今夜はなんでも許してあげるから……なにしてもいいから……今夜だけは……」

3

京太郎は呆然と立ち尽くしていた。ほとんど放心状態だったと言っていい。頭の中は真っ白だったし、心は千々に乱れていた。

そんなのひどい！　と泣きたかったし、わめきたかったし、奈美を責めたてたかった。どうしたらその決意を翻《ひるがえ》してくれるのかと、すがりついて哀願したかった。

できなかったのは、奈美が足元にしゃがみこんだからだ。京太郎のベルトをはずし、ファスナーをさげ、ブリーフごとズボンをおろしてきた。

ペニスはちんまりしていた。当たり前だ。最愛の女に突然別れを切りだされ、勃起している男なんているわけがない。

しかし、ちんまりしたペニスを口に含まれれば、話は別だった。生温かい口内粘膜に包まれた状態で、やさしく吸われ、舐めまわされた。駆け落ちをして二週間、ゆうべを除いて毎日セックスしていたので、奈美のフェラテクはあがった。以前とは別人のように、いやらしく舐めまわしてくるようになった。

「ぅんんっ……ぅんんっ……」

鼻息を可愛らしくはずませながら舐めしゃぶられれば、ちんまりから半勃《はんだ》ちまではあっという間だった。半勃ちからフル勃起まではもっと早かった。

「ひっ、ひどいっ……ひどいです、奈美さんっ……」

京太郎は顔をくしゃくしゃにした。泣きそうだった。しかし、むせび泣きながら勃起している男ほど、滑稽な存在もないだろう。涙ぐんでも、泣きだすことだけはなんとかこらえる。

「ほっ、本当に終わりなんですか？　僕たちは今日で……」

奈美は勃起しきったペニスを口から出すと、

「……ごめんね」

上眼遣いで謝ってきた。謝ってから、チロチロと裏筋を舐めてくるのがずるかった。可愛い顔をしていても、黒いドレスをまとった彼女は三十路の女の色気をむんむんと漂わせている。そんな女に仁王立ちフェラをされながら、別れ話の続きなんてできるわけがない。

「おおおっ……」

再びぱっくりと亀頭を咥えこまれると、京太郎はしたたかに腰を反らした。奈美がいよいよ本気を出しはじめた。二週間前のファーストフェラのときはあれほどぎこちなかったのに、いままでは唇をスライドさせながら口内で舌をぐるぐるとまわす。さらに根元に指を添え、唇とスライドとは違うリズムでしごいてくる。

「おおおっ……おおおおっ……」

口唇と舌、さらには指も使った波状攻撃に、京太郎はのけぞることしかできなくなった。それでも、ペニスを舐めている奈美からは眼が離せない。上を向くことだけは断固として拒否する。顔が燃えるように熱くなっていく。

「……口の中で出してもいいよ」

奈美が甘い声でささやき、京太郎は眼を見開いた。謝って男の精を顔面にかけてしまったことはあるけれど、彼女に口内射精を決めたことはない。

今日はなんでも許してあげる——先ほど奈美は言っていた。女の口に射精を遂げたくない男なんていないだろうが、それがお詫びのつもりなら、とても受けとる気にはなれなかった。

なんでも許してくれるなら——京太郎は奮い立った。口内射精ではなく、別のことがしたかった。もしかするとそれが、地元に帰りたいという彼女の気持ちを、思い留める一手になるかもしれない。

「もっ、もういいですっ！」

京太郎は奈美を腕を取って立ちあがらせた。くびれた腰を抱き、息のかかる距離で彼女を見つめる。

「ほっ、本当になんでも許してくれるんですね？」

京太郎の剣幕にびっくりしたのだろう、

「うっ、うん……」

奈美はくりくりした眼をさらに真ん丸に見開いてうなずいた。口のまわりについた唾液を拭うことすら忘れている。

「じゃあ、こっちへ……」

そこは普通のツインルームだったが、ペンションの狭い屋根裏部屋と違って、ふたり掛けのソファが置かれていた。京太郎はそこに奈美を座らせると、両脚を開きにかかった。黒いドレスを着たままだし、黒いハイヒールも履いたままだ。

「いっ、いやっ……なにをっ……」

奈美の顔がにわかに真っ赤に染まっていく。ドレスの裾から二本の美脚がさらけだされ、それをM字に割りひろげられたのだ。

股間にぴっちりと食いこんでいる紫色のパンティが、ナチュラルカラーのストッキングに透けていた。紫色の下着なんて奈美のセンスではないから、衣装持ちのやっちゃんに貰ったのだろう。

奈美のセンスではなくても、紫色のパンティを股間に食いこませている彼女はいやらしかった。花模様のレース製で、フロント部分の面積がやけに小さい。奈美の陰毛は薄めだから大丈夫だが、草むらの濃い女だったらはみ出してしまいそうである。

「なっ、なにをするの？」

奈美が怯えきった顔で訊ねてくる。

「クンニですよ」

京太郎は険しい表情で答えた。恋愛関係は片一方が心変わりしたら、基本的にはそこで終わりだ。しかし、奈美の場合はまだ心変わりまではしていないようだし、繋ぎとめておく可能性はゼロではないような気がした。

「ひいっ！」

ビリビリッと音をたてて極薄のナイロンを破ると、奈美は悲鳴をあげた。

「あとでかわりを買ってきますから」

京太郎は言い、ストッキングの股間に穴を開けた。こんもりと盛りあがった恥丘を覆っている紫色のレースは妖しく、男心を惑わせてくる。フロント部分に指を引っかけてから、上眼遣いで奈美を見た。

「めくりますよ？」

「ううう……」

奈美は不安に顔を曇らせながらも、コクンとひとつうなずいた。彼女はこれが最後のセックスだと思っている。だからいままでＮＧにしてきたことを、なんでもＯＫしてくれるつもりになった。

しかし、最後のつもりのセックスが、すさまじく気持ちよかったらどうだろう？　なるほど、〈磯の酒場〉を再開すれば、常連の漁師たちは喜んでくれるかもしれない。地元愛のある彼女の心は、それできっと満たされるだろう。

だが、体はどうだろうか？　浮気癖のある夫と別れるつもりなら、中イキの快感まで知ってしまった熟れた体をもてあますのではないだろうか？　地元で男を見つけるのにも限界があるに違いない。そんな都合のいい候補がいるのなら、京太郎なんかに引っかかったりしないはずでる。

であるならば、「この快感を手放したくない」というセックスをしてやれば、奈美を繋ぎとめておくことができるかもしれなかった。このワンチャンスにすべてを賭けるつもりで、京太郎は紫色のパンティを片側にずらした。

「あああっ……」

隠していた部分に新鮮な空気を感じ、奈美がぎゅっと眼をつぶる。可愛い顔が羞恥に歪んでいる。さらけだされた女の花には、新鮮な空気だけではなく、煮えたぎるような熱い視線も注ぎこまれているからだ。

綺麗な花だった。アーモンドピンクの花びらは左右対称で、ぴったりと口を閉じて縦に一本の筋をつくっている。陰毛が生えているのが恥丘の上だけだから、割れ目のまわりに清潔感がある。

だが、奈美の花は綺麗なだけではなかった。女の匂いが漂ってきた。女が発情したときに漂わせるフェロモンだ。

京太郎がくんくんと鼻を鳴らすと、

「かっ、嗅がないでっ！　匂いを嗅がないでっ！」

奈美は真っ赤になって哀願してきた。

しかし、これが最後のセックスと思っている彼女に、容赦はできなかった。彼女は人並みはずれた恥ずかしがり屋だが、セックスのお宝は恥ずかしさの向こう側にあるものだ。実際、彼女はバスルームでの駅弁でイキまくっていた。今日という今日は、それよりさらに恥ずかしい思いをしてもらうしかない。

アーモンドピンクの花びらにふうっと息を吹きかけると、

「あああーっ！」

奈美は甲高い悲鳴を放った。ずいぶん大袈裟な反応だったが、クンニ処女ならば、それもしかたがない。

ふうっ、ふうっ、と京太郎は執拗に息を吹きかけた。花びらにあたって跳ね返ってくる自分の吐息に、奈美の匂いが孕《はら》まれていた。いやらしすぎる匂いなので、何度でも嗅ぎたくなる。

「ああっ、やめてっ……もう許してっ……」

哀願する奈美は、ぎゅっと眼を閉じている。ソファに座った状態で両脚をひろげられているから、眼を開ければ自分の股間を舐めまわされる光景が見えてしまうからだろう。

京太郎は右手を伸ばしていった。ストッキングの穴から露出している花びらの両サイドに、親指と人差し指をあてた。輪ゴムをひろげるように割れ目をひろげると、つやつやと濡れ光る薄桃色の粘膜が恥ずかしげに顔をのぞかせた。いやらしく濡れた肉ひだがぴっしりと詰まり、ひくひくと熱く息づいている。

ふうっ、とまた吐息を吹きかけてやる。

「あああああーっ！」

奈美は悲鳴をあげ、ガクガクと腰を震わせる。彼女は黒いドレスを着たままだし、黒いハイヒールも履いたままだった。フォーマルふうにドレスアップしているにもかかわらず、女にとっていちばん生々しい秘所をさらけだしている。

ごくり、と京太郎は生唾を呑みこんだ。

口の中に唾液があふれてきてしかたがなかったが、これから始める愛撫のためには、そのほうが都合がよかった。

4

セックスはゆっくり、やさしく――紗月の教えは万能ではなかったが、部分的には当を得ていた。

たとえばクンニのときである。紗月のような性欲旺盛な熟女であっても、いきなり大胆に舐めまわしたりしたら感じてくれない。

まずは尖らせた舌先で、くにゃくにゃと縮れた花びらの縁をそっとなぞる。触れるか触れないか、ぎりぎりの感じがいい。そういう微弱な刺激のほうが、最初は感じやすいらしい。

　京太郎は尖らせた舌先で、奈美の花びらの縁をそっとなぞった。何度も何度も、根気強く続けた。幸いなことに、花びらは二枚ある。右をチロチロ、左をチロチロ、執拗に繰り返していると、閉じていた合わせ目がほつれていき、指で開かなくても薄桃色の粘膜が見えてきた。アーモンドピンクの花びらは蝶々のような形に開き、いまにも欲望の空に向かって羽ばたいていきそうだ。

　そうなると、今度は花びら全体を舐めたくなってくる。決して焦らず、裏側と表側を丹念に舐めてやる。奈美はハアハアと息をはずませ、時折体をビクッとさせる。普通だったらもうあえぎ声が出ているはずだが、生まれて初めてクンニされている奈美は、声が出すのが恥ずかしいのかもしれないし、クンニの気持ちよさをよく理解していないのかもしれない。

　京太郎はあわてなかった。クリトリスの包皮を剥いては被せ、被せては剥いた。直接の刺激でなくても、皮に包まれているのは女の性感の中核だった。

　真っ赤に染まっている奈美の顔を見ていると、薄眼を開けた。すがるようにこちらを見てきた。

「恥ずかしいですか？」

訊ねると、コクンとうなずいた。

「もうすぐ気持ちよくなりますから、ちょっとだけ我慢してください」

クリトリスの包皮を剝いたり被せたりしながら言った。M字に開いている奈美の両脚は、小刻みに震えはじめていた。とくに太腿はむっちりと逞しいから、ぶるんっ、ぶるるんっ、と震えているのがよくわかる。

奈美にクンニをするのは初めてだが、彼女の考えていることは手に取るようにわかった。すがるような眼を向けてきたのは、予感があるからなのだ。我を失うくらい感じてしまう予感である。

もちろん、その予感はあたっている。包皮を剝いたり被せたりをしつこく続けたクリトリスは、淫らに尖りはじめていた。まずは包皮を被せた状態で、京太郎はキスをした。チュッと音をたてて軽いキスだ。

「はぁうううううーっ！」

奈美が鋭い悲鳴を放つ。声の大きさに驚いて、両手で自分の口を塞ぐ。

京太郎は満を持して舌を伸ばしていった。つるつるした舌の裏側を使って、包皮の上から敏感な肉芽を舐める。まだ軽くだ。ぴったり密着させる必要もない。

「あああああーっ！　はぁあああああーっ！」

奈美の放った歓喜の悲鳴は、オルガスムスのときの声量に匹敵した。やはり、クンニは気持ちいいのだろう。男にとって、フェラが格別な愛撫であるのと同じように。

手応えを感じた京太郎は、舌の裏側をクリトリスにあてがったまま、顔を左右に振りたてた。さらには舌先を尖らせて、割れ目を下になぞっていく。穴の入口をヌプヌプと穿っては、再びツツーッと舐めあげていく。肉の合わせ目の上端にあるのは、包皮を剝ききったクリトリスだ。今度は舌先でツンツンと突く。肉芽のまわりをくるくるとなぞりたてては、舌の裏側でねちっこく舐め転がす。

「はぁあああーっ！　はぁあああああーっ！」

奈美は激しく身をよじり、京太郎の頭を左右の太腿でぎゅーっと挟んできた。奈美の太腿はむっちりしているから、それはそれで気持ちよかったが、京太郎はあらためて両脚をM字に開かせ、クンニリングスを続けた。左右の花びらを口に含み、ヌメリを拭うようにしゃぶりまわしてやる。そしてもう一度クリトリスだ。

「ダッ、ダメッ……ダメえええええーっ！」

奈美が喉を突きだして切羽つまった声をあげる。

「そっ、そんなにしたらイッちゃうっ……イッちゃうからっ……イッ、イッちゃうっ……ええええっ？」

京太郎が股間から顔を離したので、奈美は驚愕に眼を見開いた。欲情の涙でねっとり濡れている両眼が、もどかしさに歪みきる。

「どっ、どうしてっ……どうしてやめるの?」

わたしイキそうだったのに、と奈美の顔には書いてあった。

「そんなにあわててイクことないじゃないですか。夜はまだ長いですよ」

京太郎はニヤリと笑い、右手の中指で花びらの間をいじった。トロトロに蕩けきった肉ひだの渦《うず》に少し触れただけで、

「はっ、はぁううう ーっ！」

奈美は再び喉を突きだした。京太郎は浅瀬をねちっこくいじりまわしてから、指先を差しこんだ。入れては出し、出しては入れを繰り返しつつ、次第に深く埋めていく。奥までヌルヌルになっていることを確認してから、指の抜き差しを開始する。まずはゆっくりとピストン運動を送りこんでやる。

「ああああっ……あああああっ……」

奈美の紅潮した顔がこわばりきっていく。ペンションのバスルームで洗髪中の彼女とまぐわって以来、指入れは前戯のメインイベントになった。京太郎は挿入前に、かならず彼女を指で一回イカせる。いまはまだ指を折り曲げていないが、Gスポットを刺激してやると奈美はすぐにイク。同時にクリトリスも刺激してやれば、半狂乱でよがりによがる。

だが、それはあくまで手マンだった。クリトリスをいじっていたのは左手だったが、

今日は違う。

京太郎は肉穴に埋めこんだ右手の中指を鉤状に折り曲げ、ざらついた上壁の凹みをぐっと押しあげた。と同時に、ツンツンに尖りきっているクリトリスを舌の裏側で舐めまわす。ぐっ、ぐっ、ぐっ、とGスポットを押しあげながら、ねちねち、ねちねち、とクリを舐め転がしてやれば、

「はぁうううううーっ！　はぁうううううーっ！　はぁうううううーっ！」

奈美はもう、盛りのついた獣の牝《めす》のようにあえぐことしかできなくなる。人一倍、恥ずかしがり屋なのに、羞じらうこともできない境地で、腰をガクガクと震わせる。あとからあとからこんこんとあふれてくる新鮮な蜜が、黒革張りのソファに垂れて水たまりをつくっている。

「ダッ、ダメッ……ダメダメダメダメえええーっ！」

奈美が切羽つまった声をあげた。

「イッちゃうっ……イッちゃうっ、イッちゃうっ、イッちゃうっ……ええええっ？」

奈美がまた、驚愕に眼を見開いた。半開きの唇は、わなわなと震えている。もちろん、京太郎が指を抜き、クリトリスを舐めるのをやめたからである。

「どっ、どうしてっ……そんな意地悪するの？」

二週間前までは客が漁師ばかりの居酒屋を、威勢よく仕切っていた彼女である。本当は眼を吊りあげて睨みつけてきたかったのだろう。だが実際は、アクメを逃したもどかしさが眼尻を垂れさせて、いまにも泣きだしそうな顔になっている。お願いだからイカせてという心の声が聞こえてくるようだ。

「べつに意地悪じゃないですよ……」

京太郎は涼しい顔で答えた。

「ちょっとはイクの我慢したほうが、イッたときに気持ちがいいかと思いまして」

「ううう……」

奈美が恨みがましい眼を向けてきたが、京太郎は怯まなかった。これが最後のセックスでなければ、イキたいだけイカせてもよかった。しかし、関係を清算したいというのなら、こちらも鬼にならなければならない。鬼にでも悪魔にでもなって、快楽の鎖で彼女の心をがんじがらめにしなければ……。

こういう焦らしプレイを、奈美にはしたことがなかった。紗月と違い、まだ充分に性感が熟れていないようだったので、いままでは開発することを優先してきた。

結果は想定できなかったが、思った以上に効果がありそうだった。

京太郎は立ちあがると、奈美に向かって手を差しのべた。

「もう意地悪しませんから、とりあえずドレスを脱ぎましょうか」

ドレスが皺になることを彼女も気にしていたようで、素直に立ちあがって脱ぎはじめた。京太郎は手伝うこともなく、傍《かたわ》らで見物だ。彼女が黒いドレスを脱ぎ、パンティストッキングを脚から抜いて、紫色の下着姿になっていくところをニヤニヤしながら眺めていた。

「京太郎くんも脱いでよ」

奈美が拗《す》ねたような声で言ったので、京太郎も服を脱いだ。一気にブリーフまで脱いで勃起しきったペニスを隆々と反り返した。

ごくり、と奈美が生唾を呑みこむ。その前に、横眼でチラッとペニスの勃ち具合を確認していた。

いやらしい女だった。二週間にわたって毎日続けたメイクラブのせいか、あるいはそういう本性を隠していたのか。いずれにせよ、オルガスムスを二回も取りあげられた奈美は、発情しきっていた。自分でブラジャーとパンティも脱ぎ、巨乳を揺らして京太郎に抱きついてきた。

5

お互い全裸になったからといって、京太郎はすぐに結合するつもりはなかった。

抱きついてきた奈美をうながし、ソファに座った。口づけを交わしながら奈美の両脚を開き、今度は手マンである。

蜜があふれている花びらの間で指を泳がせ、興奮に尖りきっているクリトリスをねちっこく撫で転がす。肉穴に指を入れて、ゆっくりと出し入れする。時折指を折り曲げてGスポットを押しあげてやるが、長くは続けない。

「あああっ……あああああっ……」

奈美は京太郎にしがみつき、あえぎにあえいだ。指が出し入れされるリズムに合わせて、腰が動いている。少しでも深く指を咥えこもうと、股間を出張らせてくる。

今度こそイキたいのだろう。

だが京太郎は、奈美の興奮が高まってくると、指を抜いてしまう。花びらをつまんだり、会陰《えいん》部をくすぐったりしてオルガスムスをやりすごさせてから、今度はクリトリスを撫で転がしはじめる。ねちねち、ねちねち、と転がして、奈美が高まってくると、また指を離す。

「ねえっ！」

奈美の眼から涙がこぼれ落ちた。イキたくてイキたくて、ついに涙まであふれてきたのである。

「とっ、途中でやめないでっ……お願いだからっ……」

京太郎は、ふたりの恋物語を途中でやめようとしているのは自分じゃないか、と言いたかった。

「イキたいんですか？」

奈美がコクコクとうなずく。

「だったら、指じゃないものを入れたほうがよくないですか？」

勃起しきったペニスを、ヒップの横側に押しつけてやる。

「ううう……」

奈美は紅潮しきった顔で眼を泳がせたが、やがてうなずいた。

「じゃあ、あっちに行きましょう」

京太郎は奈美の手を取って立ちあがった。奈美はベッドに行くと思ったのだろう。しかし、京太郎が向かった先は洗面所だった。普通のツインルームでも高級ホテルなので広々としているし、洗面台の上に大きな鏡がついている。

「やだっ……」

鏡に映った裸の自分を見た奈美は、恥ずかしそうに顔をそむけた。京太郎は不思議だった。単なる裸なら、恥ずかしがる必要はなにもない。グラマーな奈美のヌードは、男好きするいやらしさを漂わせつつも、基本的には美しいからだ。巨乳でも垂れていないし、乳暈が黒ずんでいるわけでもない。腰はきっちりくびれているし、陰毛の生え方も控えめで可愛らしい。

恥ずかしくなるのはここからだった。京太郎は奈美の両手を洗面台につかせ、尻を突きださせた。立ちバックの体勢である。

「こっ、ここでするの？」

奈美が鏡越しに見つめてくる。

「恥ずかしいよ、こんな……」

「なんでも許してくれるんですよね？」

奈美は気まずげに下を向いた。

京太郎は勃起しきったペニスをつかみ、切っ先を桃割れの奥にあてがった。ヌルヌルしている花園を下から上に撫であげて穴の入口を特定すると、蜜蜂のようにくびれた腰を両手でつかんだ。

「それに……イキたいんでしょ？」

京太郎が言うと、奈美は恥ずかしげに眼をそらした。下半身がもじもじと動いていた。濡れた花園に亀頭が密着しているから、早く入れてほしいのだろう。

「イキたいんですよね？」

奈美は答えない。悔しげに唇を噛みしめるばかりだ。

「これを入れてほしいんですよね？」

京太郎は腰を動かし、濡れた花園を切っ先で突いた。挿入できるほどの勢いではない。微弱な力で、つんっ、つんっ、と突いてやる。

「ううう……」

きゅうっと眉根を寄せている奈美の顔が、鏡越しに見えている。恥ずかしげで苦しげでも、その顔には欲情だけがくっきりと浮かんでいる。その証拠に、量感あふれるヒップをこちらに押しつけ、みずから咥えこもうとしている。

京太郎は腰を引いて挿入を拒みつつ、

「入れてほしいんですか？」

鏡越しに声をかけた。

「入れてほしいって言ってくれれば、入れてあげますよ」

「いっ、意地悪っ……」

奈美が悔しげに唇を歪めたので、

「えっ？　もっと意地悪してほしいんですか？」

京太郎はその場にしゃがみこみ、奈美の尻の桃割れをぐいっと開いた。セピア色のアヌスも、アーモンドピンクの花びらも丸見えだ。舌を伸ばし、花びらを舐めた。ねろり、ねろり、と舌を這わせると、

「あうう－っ！」

奈美が声をあげて尻を振る。

「ここに僕のものを入れてほしいんでしょ?」

言葉は返ってこなかった。ならば、と京太郎は女の花の上でひっそりとすぼまっている禁断の器官を、ペロペロと舐めてやった。

「やっ、やめてっ! そんなところ舐めないでっ!」

今度は京太郎が言葉を返さなかった。ねろねろ、ねろねろ、と舐めまわしては、尖らせた舌先で細かい皺をなぞるように愛撫してやる。

「わっ、わかったからっ! 言うからっ! 言うからそこはやめてっ!」

京太郎は立ちあがり、鏡越しに奈美を見た。奈美は紅潮しきった顔を下に向け、

「……いっ、入れて」

蚊の鳴くような声で言った。

なにをどこに? とか、こっちを見て言ってください、と追い打ちをかけるのが、この手の言葉責めのセオリーだろう。京太郎にしても、奈美が禁断の四文字を口にするところを見てみたかったが、可哀相になってしまった。「入れて」とおねだりしただけで、彼女にしては頑張ったほうである。

再び勃起しきったペニスを握りしめると、穴の入口に狙いを定め、ずぶっ、と亀頭を埋めこんだ。

「んんんんーっ！」

奈美の顔が歪む。苦しげに眉根を寄せていても、望みのものを与えられた歓喜を隠しきれない。

京太郎はそのままずぶずぶと入っていった。奈美の中は奥の奥までヌルヌルだった。最奥までペニスを埋めこむと、腰をまわして中を掻き混ぜた。本当は、結合直後は肉と肉とを馴染ませるために、少しじっとしていたほうがいいらしいが、動きださずにいられなかった。

「あああっ……あああああっ……」

奈美が鏡越しにこちらを見てくる。男のものを咥えこんだ彼女の顔がいやらしすぎて、京太郎の腰の動きはグラインドからピストン運動へと移行していく。ゆっくり、やさしく、愛してやりたくても、いきなりフルピッチで怒濤の連打を送りこんでしまう。パンパンッ、パンパンッ、と豊満な尻を打ち鳴らし、最奥を目指して激しく突きあげる。

「はぁあああっ……はぁあああっ……はぁううううっ……」

奈美のボルテージも、一気に最高潮まで急上昇していった。あえいでいる姿が鏡に映っているにもかかわらず、羞じらうこともできない。ひいひいと喉を絞ってよがり泣き、人並みはずれた巨乳をぶるんぶるんと揺らしている。

「ああっ、いいっ！　気持ちいいっ！」

奈美が叫ぶ。息をとめて放ちつづけている京太郎の連打を受けとめ、みるみる淫らに乱れていく。

たまらなかった。

鏡に映った奈美は我を忘れてよがりによがっていた。そうさせているのが他ならぬ京太郎自身であることもまた、鏡に映っている。よがる奈美はいやらしすぎて、そうであるがゆえにたとえようもなく可愛らしい。

「ああっ、すごいっ！　奥まで来るっ！　届いてるうううーっ！」

叫びながら、豊満なヒップを左右に揺する。京太郎のピストン運動は直線的なので、奈美がヒップを左右に振ると、肉と肉との摩擦感が増していく。ただでさえ締まりのいい肉穴と勃起しきったペニスが、摩擦によってどこまでも一体化していく。突いても突いても、奥へ奥へとひきずりこまれるようで、ペニスは限界を超えて硬くなっていく。

「奈美さんっ！　奈美さんっ！」

京太郎は叫んだ。涙を流している自分の顔が鏡に映っていた。

「本当にこれで終わりですかっ！　こんなに気持ちいいのに、別れるって言うんですかっ！」

「あああっ……あああああっ……」

奈美が薄眼を開ける。ぎりぎりまで細めた眼で、鏡越しにこちらを見る。

「イッ、イキそうっ……わたしもう、イキそうっ……」

「イカせませんよ。別れるって言うなら、絶対にっ……」

言いつつも、京太郎の腰は動きつづけている。パンパンッ、パンパンッ、と奈美の尻を鳴らし、渾身のストロークを放ちつづけている。

別れを撤回するまで、イカせるつもりはなかった。挿入前は、本当にそう考えていたのだが、立ちバックでよがり泣く奈美の姿がいやらしすぎて、焦らすことができない。奈美がイキそうなら、こちらもそうだった。射精の前兆に、鋼鉄のように硬くなったペニスの芯が疼いている。

「ごっ、ごめんねっ……ごめんね、京太郎くんっ……」

奈美の眼から大粒の涙がボロボロとこぼれ落ちる。京太郎も涙がとまらない。お互いに泣きじゃくりながら、獣のようにまぐわいつづける。号泣しつつも、肉の悦びはどこまでも高まっていくばかりだ。

「好きよ、京太郎くんっ！　大好きよっ！」

「僕だって大好きですよっ！　なのになんで別れなくちゃならないんですかっ！」

「好きよっ！　好きよっ！　あああああっーっ！」

眉根を寄せ、小鼻を赤くした奈美が、大きく口を開いた。

「ダッ、ダメッ……もうダメッ……イカせて、京太郎くんっ！　奈美のこと、イカせてえええーっ！」

「うおおおおーっ！」

京太郎は雄叫びをあげ、全力で突きあげた。息をとめているので、心臓が爆発しそうだったが、かまっていられなかった。

愛する女が絶頂を求めているなら、それを与えないわけにはいかなかった。彼女をここに留めるためなら、どんなひどい男にでもなるつもりだったが、無理だった。愛の前に敗北した。眼もくらむような快楽が腰を動かすことをやめさせてくれないだけかもしれなかったが、その快楽も愛がなければ成立しないものだ。

「イッ、イクよっ……京太郎くんっ！　わたし、イクよっ！」

奈美が泣きながら鏡越しにこちらを見る。

「イッてっ！　イッてくださいっ！」

京太郎も泣きながら見つめ返す。

「こっちもっ……こっちも出そうですっ……こっちもっ……」

「中で出してっ！」

奈美が叫び、京太郎は自分の耳を疑った。ふたりのフィニッシュは、いつだって膣外射精だったからだ。

「今日は大丈夫だからっ！ 大丈夫な日だからっ！ 中で出してっ！ いっぱい出してえええーっ！」

奈美はグラマーな体をぎゅっとさせて身構えた。紅潮した顔が、限界まで歪みきっていく。

「あああああっ……イッ、イクッ……イッちゃうっ……イクイクイクイクッ……はっ、はぁおおおおおおおーっ！」

獣じみた声をあげ、ビクンッ、ビクンッ、と腰を跳ねあげた。洗面台の人工大理石を搔き毟《むし》りながら、ぶるぶるっ、ぶるぶるっ、と全身を痙攣させる。

肉づきのいいグラマーなボディが震えると、繫がった性器を通じて、京太郎にもそれが伝わってきた。アクメの衝撃に、肉穴がぎゅうぎゅう締まってもいる。とても射精を我慢できなかったし、我慢する必要もなかった。

「おおおっ……おおおおっ……」

野太い声をもらしながら、フィニッシュの連打を放った。鋼鉄のように硬くなったペニスは、表面の薄皮が一枚めくれたように、敏感になってもいた。ひりひりするような感覚の中、ヌルヌルした肉ひだが吸いついてくる。最奥まで突いているにもかかわらず、まだ奥へ奥へと引きずりこまれる。

「でっ、出るっ……もう出るっ……おおおっ……ぬおおおおおーっ！」

最後の一打を打ちこむと、下半身で爆発が起こった。ドクンッ、とペニスが震えた瞬間、体の芯に閃光が走った。ドクンッ、ドクンッ、と男の精を吐きだすたびに、雷に打たれたような衝撃があった。京太郎は顔を真っ赤にして身をよじった。蜜蜂のようにくびれた奈美の腰を両手でしっかりつかんでいないと、どこかに飛んでいってしまいそうだった。

「おおおおっ……おおおおおっ……」

「あああああっ……はぁあああああっ……」

喜悦に歪んだ声を重ねあわせて、身をよじりあった。射精は長々と続いた。終わりそうになると、京太郎はまた突きあげた。もっと奈美の中に、男の精を注ぎこみたかった。終わることを何度も拒否して、注ぎこみつづけた。

エピローグ

眼を覚ますと、隣のベッドに奈美はいなかった。

京太郎はあわてて起きあがり、カーテンを開けた。まぶしい朝陽が差しこんできて、しばらく眼を開けることができなかった。

明るくなった部屋をいくら見渡しても、奈美の姿はなかった。ソファの前のローテーブルに、黒いドレスが畳んで置かれていた。その下には、黒いハイヒールがきちんと揃えられている。

——ドレスと靴、やっちゃんさんに返しておいてください。

書き置きが残されていた。

——いろいろありがとうございました。さようなら。

「……ふうっ」

京太郎は太い息を吐きだした。黙っていなくなるなんてひどいと、怒りも覚えたし、悲しくもなった。

せめて朝食を一緒に食べたかったし、ＢＭＷがあるのだから駅までだって送っていくつもりだったのに、煙のように消えてしまうなんて……。

とてもひとりで朝食を食べる気になれず、ホテルをチェックアウトしてペンションに戻った。

からっぽな気分だった。失恋の喪失感がこれほど大きいとは思わなかった。きっとそれほど愛していたのだろう。

ペンションに着いたのは、午前十一時過ぎだった。ちょうど昼間の休憩の時間だ。春彦とやっちゃんになんて説明しようか考えていると、玄関扉を開けるなりふたりと顔を合わせてしまった。

玄関ホールがちょっとしたロビーのようになっていて、椅子が何脚か置かれている。ふたりはそこに座っていた。なにやら深刻な表情で……。

「おかえりなさい」

やっちゃんが言い、春彦もこちらを見た。

「ただいま……」

京太郎は靴を脱ぎ、絨毯《じゅうたん》敷きのフロアにあがった。

「大丈夫だったか？」

春彦が声をかけてくる。

「かすり傷ひとつつけてないよ」

京太郎は苦笑いしてＢＭＷのスマートキーを返した。

「クルマの話じゃない。おまえのここだよ」

春彦は左胸に親指を立てて言った。

「奈美ちゃん、地元に帰ったんだろ？」

一瞬、頭の中が真っ白になった。

「……なんで知ってるの？」

京太郎が怪訝に眉をひそめると、春彦とやっちゃんは眼を見合わせて深い溜息をついた。

「おまえおととい、酔っ払ったお客さんをクルマで送っていったじゃないか」

「……ああ」

たしかにそんなことがあったが、もうずいぶん前の気がする。

「そのとき、ちょっとふたりで話してたんだよ、おまえのこと」

「ごめんね」

やっちゃんがこちらを見て両手を合わせる。

「さすがに黙ってられなくて、この人に相談してたの。京太郎くんに就職話が舞いこんできたみたいって」

「そんな話、奈美さんとなんの関係があるのさ」

「聞かれちゃったんだよ」

春彦が苦りきった顔で言い、

「盗み聞きってわけじゃないのよ」

やっちゃんがすかさずフォローする。

「レストランのホールで話してたわたしたちが悪いの。彼女、三階の部屋に行ったと思ってたんだけど、なんか用事があったみたいで一階におりてきてて……まあ、あなたの話をしていれば、聞き耳を立てちゃってもしょうがないわよね」

「京太郎も困ったやつだ。ここでのバイトなんていつまでもできるわけじゃないんだから、さっさと東京帰って就職すればいいのに、なーんて話してたんだよ。バイトに誘ったのは俺だが、それはおまえんとこの親父が怒ってたからでさ。他にバイトのあてがないわけじゃないし、就職が決まって家に戻れば、こわーい親父さんだって渋々許してくれるだろうって……」

「そうしたら、奈美ちゃんが物陰から姿を現して……」

「わたしが悪いんですよね、って泣きそうな顔で言うわけだよ」

春彦とやっちゃんによれば、奈美はそのとき、ふたりの出会いから自分が人妻であること、夫に浮気されている自分に同情した京太郎と恋に落ち、一緒に駆け落ちしたことまですべて話したという。

「まさか……」

京太郎はふたりの顔を交互に見た。

「昨日急に休みになったのも、ホテルのクーポン券なんかくれたのも、大事なクルマまで貸してくれたのも、そのためだったわけ？」

春彦とやっちゃんは黙って眼を見合わせた。否定しないということは、そうだということだ。ふたりで最後の時間を楽しみなさい、という……。

京太郎は背中を向け、脱いだばかりの靴に足を突っこんだ。

「どこに行くんだ？」

春彦が後ろから腕をつかんでくる。

「奈美さんを迎えにいく。彼女は誤解してる」

「なんだと」

「僕は就職なんてどうでもいいんだ。そんなことより、奈美さんのほうがずっと大事なんだ。彼女さえ側にいてくれれば、他にはなにもいらないって……」

「馬鹿野郎っ！」

春彦の握りしめた拳が、京太郎の頰をしたたかに打った。

「奈美ちゃんの気持ちをちゃんと考えろ。おまえの将来のために身を引いたんだ。おまえのことが好きだからこそ、おまえの未来を台無しにしたくなかったんだ」

「でも……」

京太郎は打たれた頬を押さえながら春彦を見た。握りしめた拳をわなわなと震わせていた。眼には涙──クールな春彦が、感情的になっているところを初めて見た。京太郎の目頭も熱くなっていく。

「だいたいな、おまえみたいなプー太郎が、どうやって彼女を幸せにするんだよ。いま一緒にいても、不幸にしかならない。俺はおまえに、女を不幸にするような男になってほしくない。そういう男は許せないんだ……」

春彦が涙を流しはじめたので、京太郎も嗚咽《おえつ》をこらえきれなくなった。

声をあげて、思いきり泣いた。泣くしかなかった。

春彦が一緒に泣いてくれた。やっちゃんも目頭を押さえていた。情けないやら、ありがたいやらで、涙はしばらくとまってくれそうになかった。


気持ちがなんとか鎮まってくると、顔を洗って屋根裏部屋の片付けをした。それから東京に電話だ。

「就職の話、まだ活きてます？」

「当たり前じゃねえか」

電話の向こうで、難波はとても喜んでくれた。東京に戻り次第、彼の事務所に顔を出すことを約束して、電話を切った。

「これ、今日までのバイト料な。就職祝いのつもりで、多少色をつけといた」

別れ際、春彦がそう言って封筒を差しだしてきた。受けとると、ずいぶんと分厚かった。

バス停まで歩いた。梅雨だというのに空は真っ青に晴れ渡り、雲ひとつ見当たらない。気分はすこし落ち着いた。大泣きしたせいで、すっきりしたのかもしれない。失恋の喪失感はまだ胸に深く残っているけれど、東京に戻って頑張ろうという気にもなってくる。

──京太郎くん、あなたもあなたの居場所に戻って……。

耳の底で、奈美の言葉がリフレインしている。東京生まれ東京育ちの京太郎だが、東京を自分の居場所と思ったことはない。そんな甘い気分に浸ることができないほど、都会暮らしは悪意や虚無や無関心に満ちていて、気がつけばいつだって呆然と立ち尽くしている。

しかし、だからこそ、そこでもう一度戦わなければならないのだろう。戦って一人前の男にならなくてはならない。面倒なことから逃げまわっているだけでは、男にはなれない。愛する女を幸せにすることができない。今回のことで、それをしっかり学んだ。

「難波さんの新しい会社、どんな感じなんだろうな……」

歩くスピードが自然に速くなっていく。

「だいたいさ、僕のことが頭数に入ってたなら、もっと早く打診してほしいよな。もっと早く……」

いや、ひと月前に打診を受けていたら、駆け落ちなんかしなかったはずだ。自分の人生から、ふたりの人妻との関係がなくなってしまうことになる。それは困る。恋が成就できなくても、一生忘れられない大切な思い出だ。あんなにひとを愛することは、今後の人生でもうないのではないかと思うほどだ。

バス停に着いた。

いちおう屋根があり、五人くらいが座れそうな長いベンチもあるが、待っている人間は誰もいなかった。ポールについている時刻表を確認すると、前のバスが三分前に出たばかりだった。次来るのは一時間後——イラッとしてポールを支えているコンクリートの塊《かたまり》を蹴飛ばすと、爪先に激痛が走ってしばらくケンケンをしていなければならなかった。

ベンチの端っこに腰をおろした。急に空腹を覚え、お腹がぐうっと鳴った。しかし、このあたりには食事ができるところはおろか、コンビニひとつない。

町に出たら高そうな店に入って動けなくなるまで食いまくってやろうと思いながら空腹をこらえていると、バス停に女がひとりやってきた。ベンチに腰をおろした。京太郎が座っている場所と反対の端っこだ。

年は二十七、八だろうか。黒髪ショートボブの美人だった。高い鼻、シャープな顎のライン、長くて細い首――横顔だけでも、造形の美しさがはっきりわかる。スタイルもいい。手脚の長いモデル体形で、全体的にはすらりとしているのに、半袖《はんそで》ニットに包まれている胸のふくらみはやたらと前に迫《せ》りだしている。

だが……。

世界の終わりのような悲痛な表情をしていた。虚《うつ》ろな眼つきで何度となく溜息をつき、やがて涙を流しはじめたのでびっくりした。女はハンドバッグからハンカチを出して涙を拭った。そのとき、左手の薬指に指輪をしているのが見えた。

人妻と涙……。

嫌な予感に京太郎の胸はざわめいた。

女が嗚咽までもらしはじめたので、そっと腰をあげ、抜き足差し足でバス停から離れた。女から見えないところまで来ると、駅の方向に向かって全速力で走りだした。

怖い、怖い、怖い……。

泣いている人妻に同情しても、ハッピーエンドは待っていない。うっかり恋心を抱いたところで、こちらがズタボロにされるだけだ。

どれだけ美人が現れようが、もう二度と関わりあいにはならないぞ！　胸底で叫びながら、京太郎は走りつづけた。

（了）

＊本作品はフィクションです。作品内に登場する人名、地名、団体名等は実在のものとは関係ありません。

長編小説

かけおち妻《づま》

草凪《くさなぎ》 優《ゆう》

2023年4月10日　初版第一刷発行

ブックデザイン…………………… 橋元浩明(sowhat.Inc.)

発行人…………………………………………後藤明信
発行所……………………………………株式会社竹書房
〒102-0075　東京都千代田区三番町8－1
三番町東急ビル6F
email：info@takeshobo.co.jp
http://www.takeshobo.co.jp
印刷・製本………………………中央精版印刷株式会社